*Dr. Jaerock Lee*

# Gott, der Heiler

*[Gott sagte:] „Wenn du willig auf die Stimme des HERRN, deines Gottes, hörst und tust, was in seinen Augen recht ist, seinen Geboten gehorchst und all seine Ordnungen hältst, dann werde ich dir keine der Krankheiten auferlegen, die ich den Ägyptern auferlegt habe; denn ich bin der HERR, der dich heilt."*
(2. Mose 15,26)

**Gott, der Heiler** von Dr. Jaerock Lee
Veröffentlicht von Urim Books (Vertreten durch: Kyungtae Noh)
73, Yeouidaebang-ro 22-gil, Dongjak-gu, Seoul, Republik Korea
www.urimbooks.com

Alle Rechte vorbehalten. Dieses Buch oder Teile davon dürfen nicht ohne vorherige schriftliche Genehmigung des Herausgebers in irgendeiner Art reproduziert, auf Datenträgern gespeichert, elektronisch oder mechanisch übertragen oder fotokopiert werden.

Alle Zitate aus der Heiligen Schrift sind, wenn nicht anders angegeben, der Revidierten Elberfelder Bibel entnommen.

Urheberrecht © 2017 Dr. Jaerock Lee
ISBN: 979-11-263-0240-6    03230
Copyright der Übersetzung © 2010 Dr. Esther K. Chung.

Bereits 2007 auf Koreanisch von Urim Books veröffentlicht

*Erste Veröffentlichung: März 2017*

Herausgegeben von Dr. Geumsun Vin
Design: Büro des Herausgebers, Urim Books
Druck: Prione Printing
Für weitere Informationen: urimbook@hotmail.com

# Eine Botschaft zur Veröffentlichung

Während es in Kulturen, die auf materielle Dinge und Wohlstand ausgerichtet sind, weiterhin Fortschritt und Wachstum gibt, beobachten wir, dass die Menschen heute mehr Zeit und Mittel übrig haben. Um ein gesünderes und bequemeres Leben zu führen, investieren sie zudem mehr Zeit und Geld in eine Vielfalt von nützlichen Informationen, denen sie große Aufmerksamkeit schenken.

Allerdings stehen im Leben eines Menschen Alter, Krankheit und Tod unter der Herrschaft Gottes; sie können weder durch Geld noch Wissen kontrolliert werden. Auch können wir die Tatsachte nicht leugnen, dass die Anzahl der Patienten, die an unheilbaren und tödlichen Krankheiten leiden, stetig steigt und das, obwohl sich der Mensch über Jahrhunderte hinweg viel Wissen angeeignet hat und sich die moderne medizinische Wissenschaft zu Nutze macht.

Im Verlaufe der Weltgeschichte gab es zahllose Menschen mit verschiedenen Glaubenseinstellungen und Erkenntnissen – einschließlich Buddha und Konfuzius. Doch sie alle schwiegen bei dieser Problematik und keiner von ihnen konnte verhindern, älter zu werden, zu erkranken oder zu sterben. Diese Frage ist an die Sünde gekoppelt und an das Thema der Errettung der Menschen; weder das eine noch das andere kann der Mensch allein erfolgreich bewältigen.

Heutzutage gibt es viele Krankenhäuser und Apotheken; diese sind leicht zu finden und offenbar bereit, unsere Gesellschaft gesund und frei von Krankheiten zu machen. Doch unser Körper und die Welt sind mit einer Reihe von Krankheiten infiziert – angefangen bei der gemeinen Grippe bis hin zu Erkrankungen unbekannten Ursprungs oder unbekannter Natur, für die es keine Heilung gibt. Die Menschen geben schnell dem Klima und der Umwelt die Schuld oder nehmen es als natürliches oder physiologisches Phänomen wahr – und natürlich verlassen sie sich auf die Medizin.

Um echte Heilung zu empfangen und ein gesundes Leben zu führen, muss jeder von uns begreifen, wo eine Krankheit ihren Ursprung hat und wie wir Heilung empfangen können. Das Evangelium und die Wahrheit haben immer zwei Seiten: Auf der Kehrseite davon sind für diejenigen, die sie nicht annehmen, Fluch und Bestrafung reserviert, während auf diejenigen, die sie annehmen, Segen und Leben warten. Es ist der Wille Gottes, dass die Wahrheit denen verborgen bleibt, die wie die Pharisäer und Gesetzeslehrer meinen, sie seien weise und intelligent. Es ist auch der Wille Gottes, dass die Wahrheit denen offenbart wird, die wie Kinder danach verlangen und ihre Herzen dafür öffnen (Lukas 10,21).

Gott hat ganz klar denen, die Seinen Befehlen gehorchen und danach leben, Segen verheißen; Er hat aber auch den Fluch und alle Arten von Krankheiten im Detail aufgelistet, die über diejenigen kommen werden, die Seinen Befehlen nicht gehorchen (5. Mose 28,1-68).

Dieses Buch weist einerseits Ungläubige auf das Wort Gottes hin und erinnert andererseits Gläubige, die dies übersehen haben, auf den rechten Pfad zur Freiheit von Krankheit und Leiden.

Mögen Sie, lieber Leser, das Wort hören, lesen, verstehen und wie Nahrung aufnehmen. Mögen Sie durch die gesund machende und rettende Kraft Gottes Heilung von kleinen und großen Krankheiten und Leiden empfangen. Möge Gesundheit immer in Ihnen und Ihrer Familie zu Hause sein. Dies bete ich im Namen unseres Herrn Jesus!

*Jaerock Lee*

# Inhalt

Gott, der Heiler

Eine Botschaft zur Veröffentlichung

*Kapitel 1*
Der Ursprung von Krankheit und der Strahl der Heilung   1

*Kapitel 2*
Wollen Sie geheilt werden?   15

*Kapitel 3*
Gott, der Heiler   35

*Kapitel 4*
Durch Seine Striemen sind wir geheilt   49

*Kapitel 5*
Kraft, Schwachheiten zu heilen   67

*Kapitel 6*
Wege, von Dämonen Besessene zu heilen   81

*Kapitel 7*
Der Glaube und Gehorsam von Naaman, dem Aussätzigen   101

# Kapitel 1

## Der Ursprung von Krankheit und der Strahl der Heilung

Aber euch,
die Ihr meinen Namen fürchtet,
wird die Sonne der Gerechtigkeit aufgehen,
und Heilung ist unter ihren Flügeln.
Und ihr werdet hinausgehen
und umherspringen wie Mastkälber.

Maleachi 3,20

## 1. Der eigentliche Grund für Krankheiten

Menschen wollen ein glückliches und gesundes Leben führen, während sie hier auf dieser Erde sind. So konsumieren sie alle möglichen Nahrungsmittel, von denen bekannt ist, dass sie der Gesundheit zuträglich sind. Sie sind aufmerksam und suchen sogar nach noch nicht bekannten Wegen um gesund zu bleiben. Tatsache ist, dass trotz der Fortschritte in der Gesellschaft und in der Heilkunde, das Erleiden von unheilbaren und tödlichen Krankheiten nicht verhindert werden kann.

Kann der Mensch denn nicht frei sein von der Agonie von Krankheiten, während er seine Zeit hier auf Erden verbringt?

Die meisten Leute geben rasch dem Klima und der Umwelt die Schuld oder nehmen Krankheiten bereitwillig als natürliche oder physiologische Phänomene hin; sie verlassen sich auf Medikamente und medizinische Technologie. Doch wenn einmal der Ursprung aller Arten von Krankheiten und Leiden definiert ist, kann jeder davon freit werden!

Die Bibel zeigt grundlegende Wege auf, durch die man ein Leben frei von Krankheiten führen kann. Doch selbst, wenn man krank ist, zeigt sie Möglichkeiten auf, wie man Heilung empfangen kann:

> *[Gott sagte:] „Wenn du willig auf die Stimme des HERRN, deines Gottes, hörst und tust, was in seinen Augen recht ist, seinen Geboten gehorchst und all seine Ordnungen hältst, dann werde ich dir keine der*

> *Krankheiten auferlegen, die ich den Ägyptern auferlegt habe; denn ich bin der HERR, der dich heilt"* (2. Mose 15,26).

So lautet das treue Wort Gottes. Er hat die Kontrolle über Leben und Tod, Fluch und den für uns Menschen persönlich bereitstehenden Segen.

Was ist Krankheit und warum infiziert man sich damit? Der medizinische Begriff für „Krankheit" bezieht sich auf alle Arten von Behinderungen oder Einschränkungen in verschiedenen Teilen oder Bereichen des Körpers – ein ungewöhnlicher oder anormaler Gesundheitszustand. Krankheiten entwickeln sich meist durch Bakterien, die sie auch verbreiten. Mit anderen Worten sind Krankheiten anormale Zustände des Körpers, die durch krank machendes Gift oder Bakterien ausgelöst werden.

In 2. Mose 9,8-9 wird beschrieben, wie die Plage mit den Geschwüren über Ägypten hereinbrach:

> *Da sprach der HERR zu Mose und Aaron: Nehmt euch beide Hände voll Ofenruß, und Mose soll ihn vor den Augen des Pharao gegen den Himmel streuen. Dann wird er über dem ganzen Land Ägypten zu Staub werden, und es werden daraus an den Menschen und am Vieh im ganzen Land Ägypten Geschwüre entstehen, die in Blasen aufbrechen.*

In 2. Mose 11,4-7 lesen wir, dass Gott zwischen dem Volk Israel und dem ägyptischen Volk einen Unterschied macht. Die Israeliten, die Gott anbeteten, sollte keine Plage treffen, während die Erstgeborenen der Ägypter, die Gott weder anbeteten noch nach Seinem Willen lebten, von der Plage heimgesucht werden sollten.

So lernen wir in der Bibel, dass selbst Krankheit unter der Souveränität Gottes steht, dass Er diejenigen, die Ihm mit Ehrfurcht begegnen, vor Krankheit beschützt, und dass Krankheiten bei denen Einzug halten, die sündigen, weil Er Sein Angesicht von solchen Menschen abwendet.

Aber warum gibt es Krankheiten und warum leiden Menschen daran? Erfand Gott, der Schöpfer, bei der Schöpfung Krankheiten um den Menschen damit zu bedrohen? Gott schuf den Menschen und kontrolliert in Seiner Güte, Gerechtigkeit und Liebe alles im Universum.

Nachdem Gott für den Menschen einen Lebensraum, wie er passender nicht hätte sein können, geschaffen hatte, schuf Er ihn in Seinem Bild, segnete ihn und gestand ihm die größtmögliche Freiheit und Autorität zu.

Im Laufe der Zeit genoss der Mensch die ihm von Gott geschenkten Segnungen, während er Seinen Geboten gehorchte und im Garten Eden lebte, wo es weder Tränen noch Sorgen, Leid oder Krankheit gab. Als Gott alles, was Er geschaffen hatte, ansah, war es sehr gut (1. Mose 1,31) und Er gab einen Befehl: *"Und Gott, der HERR, gebot dem Menschen und sprach: Von jedem Baum des Gartens darfst du essen; aber vom Baum der Erkenntnis des Guten und Bösen, davon darfst du nicht essen; denn an dem Tag, da du davon isst, musst du sterben!"* (1. Mose 2,16-17)

Doch als die verschlagene Schlange sah, dass der Mensch dem Gebot Gottes gedanklich nicht Folge geleistet und es nicht beachtet hatte, führte die Schlange die Frau des ersten Menschen in Versuchung. Nachdem Adam und Eva von der Frucht des Baumes der Erkenntnis des Guten und des Bösen gegessen und damit gesündigt hatten (1. Mose 3,1-6), kam der Tod zu den Menschen (Römer 6,23). Das, wovor Gott gewarnt hatte, geschah.

Nachdem er ungehorsam gewesen war und den Lohn der Sünde empfangen hatte, sah sich Adam dem Tod ausgesetzt – und so starb auch der Geist des Menschen (sein Meister) und die Gemeinschaft (oder Kommunion) zwischen dem Menschen und Gott hörte auf zu existieren. Adam wurde aus dem Garten Eden getrieben und musste mit Tränen, Kummer, Leid und Tod leben. Da alles im Boden verflucht war, produzierte dieser Dornen und Disteln und der Mensch konnte seine Nahrung nur noch im Schweiße seines Angesichts essen (1. Mose 3,16-24).

Das heißt, der Grund für Krankheit ist die Ursünde, die durch Adams Ungehorsam ausgelöst wurde. Wäre Adam Gott gegenüber nicht ungehorsam gewesen, wäre er nicht aus dem Garten Eden vertrieben worden, sondern hätte dort für alle Zeit ein gesundes Leben führen können. Mit anderen Worten wurden alle Menschen durch einen Menschen zu Sündern und sind nun der Gefahr ausgesetzt, mit allen möglichen Krankheiten leben zu müssen. Wenn das Problem der Sünde nicht gelöst wird, kann in Gottes Augen niemand gerecht gesprochen werden, auch dann nicht, wenn er das Gesetz erfüllt (Römer 3,20).

## 2. Die Sonne der Gerechtigkeit hat Heilung unter ihren Flügeln

In Maleachi 3,20 steht: *„Aber euch, die ihr meinen Namen fürchtet, wird die Sonne der Gerechtigkeit aufgehen, und Heilung ist unter ihren Flügeln."* An dieser Stelle bezieht sich die „Sonne der Gerechtigkeit" auf den Messias.

Als wir Menschen den von Zerstörung und Krankheiten geprägten Weg einschlugen, hatte Gott Mitleid mit uns und erlöste uns von allen Sünden – durch Jesus Christus, den Er vorbereitet hatte. Er ließ zu, dass Jesus ans Kreuz geschlagen wurde und all Sein Blut vergoss. Darum kann jeder, der Jesus Christus annimmt, die Vergebung seiner Sünden empfängt und damit errettet ist, jetzt von Krankheiten frei werden und ein gesundes Leben führen. Durch den Fluch, der auf allem lag, musste der Mensch, solange er atmete, mit der Gefahr von Krankheiten leben; doch nun steht durch die Liebe und Gnade Gottes die Tür zur Freiheit von Krankheiten offen.

Wenn Kinder Gottes der Sünde bis aufs Blut widerstehen (Hebräer 12,4) und ihr Leben nach dem Wort ausrichten, wird

Er sie mit Seinen Augen, die wie eine Feuerflamme sind, schützen und sie mit der Feuerwand des Heiligen Geistes wie mit einem Schild umgeben, so dass kein in der Luft befindliches Gift jemals in ihren Körper eindringen kann. Selbst wenn jemand krank werden sollte, wird Gott, wenn die Person Buße tut und sich von ihren bösen Wegen abwendet, die Krankheit verbrennen und die betroffenen Körperteile heilen. Dies ist die Heilung durch die „Sonne der Gerechtigkeit."

Die moderne Medizin hat die Behandlung mit ultraviolettem Licht entwickelt, die heutzutage oft benutzt wird um eine Reihe von Krankheiten zu verhindern oder zu heilen. Die ultravioletten Strahlen wirken stark desinfizierend und lösen eine Reihe von chemischen Veränderungen im Körper aus. Diese Art der Behandlung kann 99 % von Dickdarm-, Diphtherie- und Ruhrbazillen zerstören und wird auch bei Tuberkulose, Rachitis (Knochenweiche), Blutarmut, Rheuma und Hautkrankheiten effektiv eingesetzt. Allerdings kann selbst eine Behandlungsmethode, die derart hilfreich und wirksam wie die Therapie mit ultravioletter Bestrahlung ist nicht bei allen Krankheiten eingesetzt werden.

Nur die „Sonne der Gerechtigkeit", die Heilung in ihren Flügel mitbringt, wie es in der Heiligen Schrift heißt, stellt eine Strahlung dar, die stark genug ist, alle Krankheiten zu heilen. Die Strahlen der Sonne der Gerechtigkeit können benutzt werden um alle Arten von Krankheiten zu heilen und da sie bei allen Menschen angewandt werden können, ist die Art und Weise, auf die Gott heilt zwar einfach, aber vollkommen – und stellt tatsächlich auch die beste Methode dar.

Nicht lange nach der Gründung meiner Gemeinde brachte man mir auf einer Bahre einen Mann, der dem Tode nahe war. Er hatte an Krebs und litt wegen einer Lähmung auch noch an unerträglichen Schmerzen. Er konnte nicht mehr sprechen, weil seine Zunge steif geworden war und er konnte sich nicht mehr bewegen, weil die Lähmung seinen ganzen Körper ergriffen hatte. Die Ärzte hatten ihn aufgegeben, doch die Ehefrau des Patienten, die an die Kraft Gottes glaubte, drängte ihren Mann, sich Gott ganz und gar auszuliefern. Ihm wurde klar, dass er nur am Leben bleiben würde, wenn er sich an Gott hängte und Ihn anflehte. Darum versuchte der Patient auf der Bahre liegend Gott anzubeten. Seine Frau flehte ebenso inständig im Glauben und in Liebe. Ich sah den Glauben der beiden und so betete auch ich ernsthaft für den Mann. In der Vergangenheit hatte der Mann seine Frau dafür verfolgt, dass sie an Jesus glaubte. Doch nun zerriss er sich das Herz, indem er Buße tat. Gott schickte Strahlen der Heilung. So ging das Feuer des Heiligen Geistes durch den Mann und reinigte seinen Körper. Halleluja! Da der Grund für die Krankheit ausradiert worden war, fing der Mann bald an zu gehen, und zu rennen. Er wurde wieder ganz gesund. Ich brauche wohl nicht zu erwähnen, dass die Mitglieder der Manmin-Gemeinde Gott die Ehre gaben und sich freuten, als sie das erstaunliche Wirken Gottes bei dieser Heilung miterleben durften.

### 3. Für euch, die ihr Meinen Namen ehrt

Unser Gott ist der Allmächtige, der alles im Universum durch Sein Wort schuf und den Menschen aus dem Staub bildete. Dieser Gott ist unser Vater geworden. Wenn wir krank werden, aber dabei ganz auf Ihn vertrauen, sieht und erkennt Er unseren Glauben und heilt uns gern. Es ist auch nicht falsch, wenn man durch einen Aufenthalt im Krankenhaus geheilt wird. Doch Gott freut sich überschwänglich über Seine Kinder, die an Seine Allwissenheit und Allmacht glauben, Ihn eifrig anrufen, ihre Heilung empfangen und Ihm allein dafür die Ehre geben.

In 2. Könige 20,1-11 steht die Geschichte von Hiskia, dem König von Juda, der krank wurde, als Assyrien in sein Königreich eindrang. Doch innerhalb von drei Tagen empfing er seine vollkommene Heilung, nachdem er zu Gott gebetet und eine Verlängerung seines Lebens um 15 Jahre zugesprochen bekommen hatte.

Durch den Propheten Jesaja sagt Gott zu Hiskia: *„Bestelle dein Haus! Denn du wirst sterben und nicht am Leben bleiben"* (2. Könige 20,1; Jesaja 38,1). Anders ausgedrückt bekam Hiskia ein Todesurteil, in dem ihm gesagt wurde, er solle sich auf seinen Tod vorbereiten und seine Angelegenheiten im Königreich und in seiner Familie regeln. Doch Hiskia wandte sein Gesicht sofort zur Wand und betete zum Herrn (2. Könige 20,2). Dem König war klar, dass etwas in seiner Beziehung zu Gott nicht stimmte, woraus die Krankheit resultierte. So legte er alles beiseite und beschloss zu beten.

Als Hiskia eifrig und unter Tränen zu Gott betet, verspricht dieser dem König: „*Ich habe dein Gebet gehört, Ich habe deine Tränen gesehen! Siehe, ich will zu deinen Tagen fünfzehn Jahre hinzufügen. Und aus der Hand des Königs von Assur will ich dich und diese Stadt retten und will diese Stadt beschirmen*" (Jesaja 38,5-6). Wir dürfen annehmen, dass Hiskia tatsächlich ernsthaft und eifrig gebetet hat, denn Gott sagte zu ihm: „Ich haben dein Gebet gehört und deine Tränen gesehen."

Gott, der Hiskias Gebet erhörte, heilte den König vollkommen, so dass dieser innerhalb von drei Tagen wieder in den Tempel hinaufgehen konnte. Außerdem verlängerte Gott Hiskias Leben um 15 Jahre und beschützte die Stadt Jerusalem für den Rest von Hiskias Leben vor der Bedrohung durch die Assyrer.

Hiskia war sehr wohl bewusst, dass Leben und Tod in der Souveränität Gottes lag. So war es für ihn extrem wichtig, zu Gott zu beten. Gott war hocherfreut über das demütige Herz Hiskias und seinen Glauben und versprach dem König Heilung. Selbst als Hiskia ein Zeichen für seine Heilung wollte, ließ Er den Schatten zehn Stufen auf der Sonnenuhr des Ahas zurückgehen (2. Könige 20,11). Unser Gott ist ein Gott, der heilt. Als sehr fürsorglicher Vater belohnt Er diejenigen, die Ihn suchen.

Im Gegensatz dazu lesen wir in 2. Chronik 16,12-13: „*Und im 39. Jahr seiner Regierung erkrankte Asa an seinen Füßen. Seine Krankheit war überaus schwer; aber auch in seiner*

*Krankheit suchte er nicht den HERRN, sondern die Ärzte. Und Asa legte sich zu seinen Vätern; und er starb im 41. Jahr seiner Regierung."* Am Anfang als er zum König gemacht wurde, hieß es noch: *„Und Asa tat, was recht war in den Augen des HERRN, wie sein Vater David"* (1. Könige 15,11). Zunächst war er ein weiser Regent, doch er verlor allmählich seinen Glauben an Gott und fing an, sich auf Menschen zu verlassen; so konnte er auch als König keine Hilfe von Gott empfangen.

Als Bascha, der König von Israel, in Juda einfiel, verließ sich Asa auf Ben-Hadad, den König von Aram (Syrien), und nicht auf Gott. Dafür machte der Seher Hanani ihm Vorwürfe. Doch Asa wandte sich nicht von seinen Wegen ab. Stattdessen sperrte er den Seher ein und unterdrückte sein eigenes Volk (2. Chronik 16,7-10).

Bevor Asa anfing, sich auf den König von Aram zu verlassen, griff Gott gegen die Armee von Aram ein, so dass sie nicht in Juda einmarschieren konnte. Von dem Zeitpunkt an, als sich Asa auf den König von Aram verließ, anstatt auf Gott, konnte der König von Juda von Ihm keine Hilfe mehr erwarten. Außerdem konnte Er sich nicht mehr über Asa freuen, der den Rat der Ärzte suchte, anstatt Gott. Darum starb Asa auch innerhalb von zwei Jahren, nachdem ihn die Erkrankung seiner Füße ereilt hatte. Obwohl Asa seinen Glauben an Gott bekundete, konnte der allmächtige Gott nichts für diesen König tun, denn er bewies seinen Glauben mit dem, was er tat, nicht. Er versäumte es, Gott anzurufen.

Die heilenden Strahlen unseres Gottes können alle Arten von Krankheiten heilen, so dass Gelähmte wieder aufstehen und gehen, Blinde sehen, Taube hören und die Toten wieder ins Leben zurückkehren können. Die Schwere einer Krankheit ist unwichtig, denn die Macht Gottes, unseres Arztes, ist endlos. Ob es sich um eine einfache Erkältung handelt oder um eine schwierige Krebserkrankung ist für Gott, den Heiler, ganz egal. Viel wichtiger ist die Herzenshaltung, mit der wir vor Gott treten. Ist sie so wie bei Asa oder Hiskia?

Mögen Sie Jesus Christus annehmen, die Antwort auf das Problem der Sünde empfangen, durch den Glauben gerecht gesprochen werden, Gott mit einem demütigen Herzen gefallen und möge Ihr Glaube von solchen Taten wie denen von Hiskia begleitet sein, so dass Sie erleben, wie Sie von allen Krankheiten geheilt werden und immer ein gesundes Leben führen. Dies bete ich im Namen des Herrn Jesus!

# Kapitel 2

# Wollen Sie geheilt werden?

Es war aber ein Mensch dort,
der achtunddreißig Jahre mit seiner Krankheit behaftet war.
Als Jesus diesen daliegen sah und wusste,
dass es schon lange Zeit so mit ihm steht,
spricht Er zu ihm: Willst du gesund werden?

Johannes 5,5-6

## 1. Willst du gesund werden?

Schon vielfach haben sich Menschen, die Gott vorher nicht kannten, auf die Suche nach Ihm begeben. So kamen sie zu Ihm. Manche fanden zu Ihm, weil sie ihrem eigenen Gewissen folgten, während andere zu Ihm kamen, weil sie evangelisiert wurden. Wieder andere fanden oder finden Gott, nachdem sie durch Niederlagen im Geschäftlichen oder durch familiäre Zerwürfnisse skeptisch geworden sind. Und manch anderer Mensch kommt zu Gott mit einer Dringlichkeit im Herzen, weil er entsetzliche Schmerzen oder Angst vor dem Tod erlebt oder erlebt hat.

Der Kranke litt 38 Jahre lang an Schmerzen und lag dort am Teich Betesda. Man muss, wie er es tat, die eigene Heilung mehr als alles andere herbeisehnen. Dann gibt man die Krankheit ganz an Gott ab und empfängt seine Heilung dafür.

In der Nähe vom Schaftor in Jerusalem gab es also diesen Teich, der auf Hebräisch Betesda hieß. Er war von fünf Säulenhallen umgeben, in denen sich Blinde, Lahme und Gelähmte versammelten, weil der Legende nach von Zeit zu Zeit ein Engel Gottes herab kam und das Wasser bewegte. Man dachte auch, dass der Erste, der in den Teich ging, nachdem das Wasser bewegt wurde, Heilung erlebte – egal an welcher Krankheit er litt. Besagter Teich wurde als „Haus der Barmherzigkeit" bezeichnet.

Als Jesus diesen Kranken sah und bereits wusste, dass dieser inzwischen 38 Jahren lang dort am Teil gelegen hatte, fragte Er ihn: „Willst du geheilt werden?" Darauf antwortete der Mann: *„Herr, ich habe keinen Menschen, dass er mich, wenn das Wasser bewegt worden ist, in den Teich werfe; während ich aber komme, steigt ein anderer vor mir hinab"* (Johannes 5,7). So bekannte der Mann dem Herrn, dass er es allein nicht schaffen konnte, obwohl er sich seine Heilung ernsthaft wünschte. Unser Herr sah das Herz des Mannes und sagte zu ihm: *„Steh auf, nimm dein Bett auf und geh umher!"* und der Mann war augenblicklich geheilt. So nahm er seine Matte und ging davon (Johannes 5,8).

## 2. Sie müssen Jesus Christus annehmen

Als der Mann, der seit 38 Jahren krank war, auf Jesus Christus traf, empfing er seine Heilung sofort. Als er anfing, an Jesus Christus, die Quelle des wahren Lebens, zu glauben, wurden dem Mann alle seine Sünden vergeben und er wurde von seiner Krankheit geheilt.

Werden Sie von einer Krankheit gequält? Wenn Sie an Krankheiten leiden und vor Gott zu treten wollen um Heilung zu empfangen, müssen Sie zuerst einmal Jesus Christus annehmen, ein Kind Gottes werden und Vergebung empfangen, um so alle Hindernisse zwischen Ihnen und Gott zu entfernen. Dann müssen Sie glauben, dass Gott allwissend und allmächtig ist und dass Er alle möglichen Wunder wirken kann. Sie müssen auch glauben, dass wir durch Jesu Striemen von allen

Krankheiten erlöst worden sind und dass Sie Heilung empfangen werden, wenn Sie sich in Jesu Christi Namen auf die Suche danach begeben.

Wenn wir mit dieser Art von Glauben beten, erhört Gott unsere Glaubensgebete und lässt das Werk der Heilung sichtbar werden. Egal wie alt oder schwierig Ihre Krankheit auch sein mag, übergeben Sie Gott wirklich alle Probleme, die mit der Krankheit zusammenhängen. Denken Sie daran, dass Sie in einem Augenblick wieder heil werden können, wenn die heilende Kraft Gottes durch Sie strömt.

Als der Gelähmte in Markus 2,3-12 zum ersten Mal hörte, dass Jesus nach Kapernaum gekommen war, wollte er zu Ihm. Da er erfahren hatte, dass Jesus Menschen mit den verschiedensten Krankheiten heilte, böse Geister austrieb und Aussätzige heilte, dachte der Gelähmte, wenn er nur den nötigen Glauben aufbrächte, würde er seine Heilung empfangen. Als ihm klar wurde, dass er wegen der Menschenmenge, die sich versammelt hatte, nicht in der Lage war, näher an Jesus heranzukommen, ließ er mit Hilfe seiner Freunde das Dach des Hauses öffnen, in dem Jesus war. Dann wurde die Trage, auf der er lag, vor Jesus heruntergelassen.

Können Sie sich vorstellen, wie sehr sich der Gelähmte gewünscht haben muss, zu Jesus vorzudringen, dass er sogar zu einer solchen Vorgehensweise bereit war? Wie reagierte Jesus, als der Gelähmte, der nicht fähig war, von einem Ort zum nächsten zu gehen und sich wegen der Menschenmenge nicht bewegen konnte, seinen Glauben und seine Hingabe – mit der Hilfe seiner Freunde – zeigte? Jesus schimpfe den Gelähmten wegen seines ungesitteten Verhaltens nicht aus. Stattdessen sagte Er zu ihm: „Sohn, deine Sünden sind vergeben" und dann ließ Er ihn sofort aufstehen und herumgehen.

In Sprüche 8,17 sagt uns Gott: *„Ich liebe, die mich lieben; und die mich suchen, finden mich."* Wenn Sie frei werden wollen von quälenden Krankheiten, müssen Sie sich die Heilung ernsthaft wünschen. Sie müssen glauben, dass die Kraft Gottes das Problem der Krankheit lösen kann und Sie müssen Jesus Christus annehmen.

### 3. Sie müssen die Wand der Sünde zerstören

Egal wie sehr Sie glauben, dass Sie durch die Kraft Gottes geheilt werden können, Er kann nicht in Ihnen wirken, solange es eine Mauer der Sünde zwischen Ihnen und Gott gibt.

Darum sagt uns Gott in Jesaja 1,15-17 Folgendes: *„Und wenn ihr eure Hände ausbreitet, verhülle ich Meine Augen vor euch. Auch wenn ihr noch so viel betet, höre ich nicht – eure Hände sind voll Blut. Wascht euch, reinigt euch! Schafft mir eure bösen Taten aus den Augen, hört auf, Böses zu tun! Lernt Gutes tun, fragt nach dem Recht, weist den Unterdrücker zurecht! Schafft Recht der Waise, führt den Rechtsstreit der Witwe!"* und in Vers 18 verheißt Er: *„Kommt denn und lasst uns miteinander rechten!, spricht der HERR. Wenn eure Sünden rot wie Karmesin sind, wie Schnee sollen sie weiß* *werden. Wenn sie rot sind wie Purpur, wie Wolle sollen sie werden."*

Des Weiteren lesen wir in Jesaja 59,1-3:

*Siehe, die Hand des HERRN ist nicht zu kurz, um zu retten, und Sein Ohr nicht zu schwer, um zu hören; sondern eure Vergehen sind es, die eine Scheidung gemacht haben zwischen euch und eurem Gott, und eure Sünden haben Sein Angesicht vor euch verhüllt, dass er nicht hört. Denn eure Hände sind mit Blut befleckt und eure Finger mit Sündenschuld. Eure Lippen reden Lüge, eure Zunge murmelt Verkehrtheit.*

Menschen, die Gott nicht kennen, Jesus Christus nicht akzeptiert haben und ihr Leben nach ihren eigenen Wünschen führen, ist nicht klar, dass sie Sünder sind. Wenn Leute dagegen Jesus Christus als ihren Erretter annehmen und den Heiligen Geist als Gabe empfangen, überführt der Heilige Geist die Welt in Bezug auf Sünde, Gerechtigkeit und Gericht. Dann erkennen und bekennen sie, dass sie Sünder sind (Johannes 16,8-11).

Es gibt aber Fälle, in denen Menschen nicht in allen Einzelheiten wissen, was Sünde ist. So können sie die Sünde und das Böse nicht abwerfen und auch keine Antwort von Gott bekommen. Sie müssen zunächst erkennen, was in Seinen Augen Sünde darstellt. Alle Krankheiten und Leiden kommen durch Sünde. Nur wenn Sie sich selbst betrachten und die Wand der Sünde zerstören, können Sie ein schnelles Werk der Heilung erleben.

Lassen Sie uns in die Heilige Schrift eintauchen um zu sehen, was Sünde ist und wie man die Mauer der Sünde zerstört.

**1) Sie müssen Buße tun, weil Sie nicht an Gott geglaubt und Jesus Christus nicht angenommen haben.**

Die Bibel sagt uns, dass unser Nichtglauben an Gott und ein Nichtannehmen von Jesus Christus als unseren Erretter Sünde darstellt (Johannes 16,9). Viele Ungläubige behaupten, sie führen ein gutes Leben, doch diese Menschen können sich selbst gar nicht richtig kennen, weil sie das Wort der Wahrheit – das Licht Gottes – nicht kennen und somit nicht fähig sind, Recht von Unrecht zu unterscheiden.

Selbst wenn sich jemand sicher ist, ein gutes Leben geführt zu haben, findet man darin doch viel Ungerechtigkeit und Unwahrheiten, wenn man sein Leben im Spiegel der Wahrheit betrachtet, das heißt im Wort des Allmächtigen, der alles im Universum schuf, sowie Leben, Tod, Fluch und Segen kontrolliert. Darum sagt uns die Bibel: *„Da ist kein Gerechter, auch nicht einer"* (Römer 3,10) und weiterhin steht geschrieben: *„Aus Gesetzeswerken wird kein Fleisch vor Ihm gerechtfertigt werden; denn durchs Gesetz kommt Erkenntnis der Sünde"* (Römer 3,20).

Wenn Sie Jesus Christus annehmen und ein Kind Gottes werden, nachdem Sie Buße getan haben, weil Sie vorher nicht an Gott geglaubt und Jesus Christus nicht angenommen hatten, wird der Allmächtige zu Ihrem Vater. Dann empfangen Sie

Antworten und erleben Gebetserhörungen – ganz egal welche Krankheit Sie auch haben mögen.

**2) Sie müssen Buße tun, weil Sie Ihre Brüder nicht geliebt haben.**

Die Bibel sagt uns: „*Geliebte, wenn Gott uns so geliebt hat, sind auch wir schuldig, einander zu lieben*" (1. Johannes 4,11). Sie erinnert uns auch daran, dass wir sogar unsere Feinde lieben sollen (Matthäus 5,44). Wenn wir unsere Geschwister hassen würden, wären wir dem Wort Gottes gegenüber ungehorsam und würden dementsprechend sündigen.

Jesus erwies Seine Liebe für die Menschheit, die in Sünde lebte und Böses tat, indem Er sich ans Kreuz schlagen ließ. Da gehört es sich für uns einfach, dass wir unsere Eltern, Kinder, Brüder und Schwestern lieben. Es ist in Gottes Augen Unrecht, wenn wir wegen unbedeutender, aber dennoch falscher Gefühle und gegenseitiger Missverständnisse voller Hass sind und anderen nicht vergeben.

In Matthäus 18,23-35 erzählt Jesus das folgende Gleichnis:

*Deswegen ist es mit dem Reich der Himmel wie mit einem König, der mit seinen Knechten abrechnen wollte. Als er aber anfing abzurechnen, wurde einer zu ihm gebracht, der zehntausend Talente schuldete. Da er aber nicht zahlen konnte, befahl der Herr, ihn und seine Frau und die Kinder und alles, was er hatte, zu verkaufen und damit zu bezahlen. Der*

> *Knecht nun fiel nieder, bat ihn kniefällig und sprach: Herr, habe Geduld mit mir, und ich will dir alles bezahlen. Der Herr jenes Knechtes aber wurde innerlich bewegt, gab ihn los und erließ ihm das Darlehen. Jener Knecht aber ging hinaus und fand einen seiner Mitknechte, der ihm hundert Denare schuldig war. Und er ergriff und würgte ihn und sprach: Bezahle, wenn du etwas schuldig bist! Sein Mitknecht nun fiel nieder und bat ihn und sprach: Habe Geduld mit mir, und ich will dir bezahlen. Er aber wollte nicht, sondern ging hin und warf ihn ins Gefängnis, bis er die Schuld bezahlt habe. Als aber seine Mitknechte sahen, was geschehen war, wurden sie sehr betrübt und gingen und berichteten ihrem Herrn alles, was geschehen war. Da rief ihn sein Herr herbei und spricht zu ihm: Böser Knecht! Jene ganze Schuld habe ich dir erlassen, weil du mich batest. Solltest nicht auch du dich deines Mitknechtes erbarmt haben, wie auch ich mich deiner erbarmt habe? Und sein Herr wurde zornig und überlieferte ihn den Folterknechten, bis er alles bezahlt habe, was er ihm schuldig war. So wird auch mein himmlischer Vater euch tun, wenn ihr nicht ein jeder seinem Bruder von Herzen vergebt.*

Auch wenn wir die Vergebung und Gnade von Gott, unserem Vater, empfangen haben, sind wir etwa unwillig, die

Fehler und Macken unserer Geschwister zu akzeptieren und entwickeln stattdessen Konkurrenzdenken, schaffen uns Feinde, ärgern uns gegenseitig und provozieren einander?

Gott sagt uns: *„Jeder, der seinen Bruder hasst, ist ein Menschenmörder, und ihr wisst, dass kein Menschenmörder ewiges Leben bleibend in sich hat"* (1. Johannes 3,15). Jesus sagt: *„So wird auch mein himmlischer Vater euch tun, wenn ihr nicht ein jeder seinem Bruder von Herzen vergebt"* (Matthäus 18,35) und so drängt Er uns: *„Seufzt nicht gegeneinander, Brüder, damit ihr nicht gerichtet werdet! Siehe, der Richter steht vor der Tür"* (Jakobus 5,9).

Uns muss klar sein, dass, wenn wir unsere Geschwister nicht geliebt, sondern gehasst haben, haben auch wir gesündigt und werden nicht mit dem Heiligen Geist erfüllt, sondern erkranken. Wenn uns also unsere Brüder hassen und enttäuschen, sollten wir sie nicht im Gegenzug auch hassen und enttäuschen, sondern stattdessen unsere Herzen mit der Wahrheit schützen, verständnisvoll sein und ihnen vergeben. Unsere Herzen müssen fähig sein, liebevolle Gebete für solche Brüder und Schwestern zu sprechen. Wenn wir mit Hilfe des Heiligen Geistes verständnisvoll sind, vergeben und einander lieben, wird Gott auch uns Sein Mitgefühl und Seine Barmherzigkeit erweisen und die Werke der Heilung manifestieren.

**3) Sie müssen Buße tun, wenn Sie habgierig gebetet haben.**

Als Jesus den von einem Dämonen besessenen Jungen heilte,

fragten Ihn seine Jünger: *„Warum haben wir ihn nicht austreiben können?"* (Markus 9,28) Jesus antwortete: *„Diese Art kann durch nichts ausfahren als nur durch Gebet"* (Vers 29).

Um Heilung auf einer bestimmten Ebene zu empfangen, muss man flehen und beten. Allerdings werden eigennützige Gebete nicht erhört, weil Gott daran keinen Wohlgefallen hat. Gott hat uns befohlen: *„Ob ihr nun esst oder trinkt oder sonst etwas tut, tut alles zur Ehre Gottes"* (1. Korinther 10,31). So muss der Zweck für unser Lernen und das Erlangen von Ruhm oder Macht zur Ehre Gottes gereichen. In Jakobus 4,2-3 lesen wir: *„Ihr begehrt und habt nichts; ihr tötet und neidet und könnt nichts erlangen; ihr streitet und führt Krieg. Ihr habt nichts, weil ihr nicht bittet; ihr bittet und empfangt nichts, weil ihr übel bittet, um es in euren Lüsten zu vergeuden."*

Wenn man um Heilung bittet, um ein gesundes Leben führen zu können, dient dies der Verherrlichung Gottes. So werden Sie eine Antwort bekommen, wenn Sie darum bitten. Wenn Sie aber keine Heilung bekommen, wenn Sie dafür beten, dann trachten Sie vielleicht nach etwas, dass der Wahrheit nicht wirklich entspricht, obwohl Gott Ihnen Dinge geben möchte, die noch um ein Vielfaches größer sind.

An welcher Art von Gebet hat Gott Wohlgefallen? Jesus sagte dazu in Matthäus 6,33: *„Trachtet aber zuerst nach dem Reich Gottes und nach seiner Gerechtigkeit! Und dies alles wird euch hinzugefügt werden."* Wir müssen zuerst Gott gefallen, indem wir für Sein Königreich und Seine Gerechtigkeit, für Evangelisation und Heilung beten, anstatt uns über

Nahrung, Kleidung und Dergleichen Sorgen zu machen. Nur dann erhört Gott unsere Herzenswünsche und schenkt uns die vollkommene Heilung von unseren Krankheiten.

**4) Sie müssen Buße tun, wenn Sie beim Beten gezweifelt haben.**
Gott freut sich über Gebete, die den Glauben des Beters ausdrücken. Wir lesen in Hebräer 11,6 diesbezüglich: *„Ohne Glauben aber ist es unmöglich, ihm wohlzugefallen; denn wer Gott naht, muss glauben, dass er ist und denen, die ihn suchen, ein Belohner sein wird."* Auf der gleichen Schiene erinnert uns Jakobus 1,6-7 an Folgendes: *„Er bitte aber im Glauben, ohne irgend zu zweifeln; denn der Zweifler gleicht einer Meereswoge, die vom Wind bewegt und hin und her getrieben wird. Denn jener Mensch denke nicht, dass er etwas von dem Herrn empfangen werde."*

Gebete, die mit Zweifeln vorgebracht werden, zeugen von Unglauben an den Allmächtigen; sie schänden Seine Macht und machen Ihn zu einem inkompetenten Gott. Dafür müssen Sie sofort Buße tun. Tun Sie es den Vorvätern des Glaubens gleich: beten Sie eifrig und inständig um den Glauben in Besitz zu nehmen, durch den Sie im Herzen glauben können.

Wir finden in der Bibel viele Stellen, an denen Jesus die liebte, die großen Glauben hatten. Er erwählte sie als Seine Mitarbeiter und tat Seinen Dienst durch sie und mit ihnen. Wenn Menschen ihren Glauben nicht zeigen konnten, wies Jesus sie wegen ihres Kleinglaubens zurecht – einschließlich Seiner

Jünger (Matthäus 8,23-27). Dagegen lobte und liebte Er diejenigen, die großen Glauben hatten, selbst wenn es Heiden waren (Matthäus 8,10).

Wie sollten Sie nun beten und welche Art von Glauben sollten Sie haben?

Ein Hauptmann kam in Matthäus 8,5-13 auf Jesus zu und bat Ihn, einen seiner Knechte zu heilen, der gelähmt daheim lag und schrecklich litt. Jesus antwortete dem Hauptmann: *„Ich werden kommen und ihn heilen"* (v. 7), doch der Hauptmann erwiderte daraufhin: *„Herr, ich bin nicht würdig, dass du unter mein Dach trittst; aber sprich nur ein Wort, und mein Diener wird gesund werden"* (v. 8). Damit zeigte er Jesus seinen großen Glauben. Als Er die Antwort des Hauptmanns hörte, war Jesus begeistert und lobte ihn: *„Wahrlich, ich sage euch, bei keinem in Israel habe ich so großen Glauben gefunden"* (v. 10). Der Diener des Hauptmanns wurde in derselben Stunde geheilt.

In Markus 5,21-43 wird von einem erstaunlichen Werk der Heilung berichtet. Als Jesus am See war, kam einer der Leiter der Synagoge namens Jairus zu Ihm und fiel zu Seinen Füßen nieder. Jairus flehte Jesus an: *„Mein Töchterchen liegt in den letzten Zügen. Komm, und lege ihr die Hände auf, damit sie gerettet wird und lebt!"* (v. 23)

Als Jesus mit Jairus mitging, kam eine Frau, die seit zwölf Jahren an Blutungen litt, zu Ihm. Sie hatte durch verschiedene Ärzte viel gelitten und ihr ganzes Geld ausgegeben. Doch es ging ihr immer schlechter, anstatt besser.

Die Frau hatte gehört, dass Jesus in der Nähe war. Sie

zwängte sich durch die Menschenmenge, die Jesus nachfolgte, zu Ihm durch und berührte Sein Gewand. Denn diese Frau glaubte: *„Wenn ich nur sein Gewand anrühre, werde ich geheilt werden"* (v. 28). Als sie ihre Hand auf Jesu Gewand legte, hörte der Blutfluss sofort auf und sie konnte in ihrem Körper spüren, dass sie von ihrem Leiden geheilt war. Jesus, der bemerkte hatte, dass Kraft von Ihm ausgegangen war, drehte sich inmitten der Menge sofort um und sagte: *„Wer hat mein Gewand berührt?"* (v. 30) Als die Frau die Wahrheit bekannte, sagte Jesus zu ihr: *„Tochter, dein Glaube hat dich geheilt. Geh hin in Frieden und sei gesund von deiner Plage!"* (v. 34) Er schenkte der Frau Errettung und segnete sie mit Gesundheit.

An der Stelle kamen Leute aus dem Haus des Jairus und berichteten: *„Deine Tochter ist tot"* (v. 35). Jesus versicherte Jairus: *„Fürchte dich nicht, glaube nur"* (v. 36) und ging weiter zum Haus von Jairus. Dort sagte Jesus zu den Leuten: *„Das Kind ist nicht tot, sondern es schläft nur"* (v. 39). Zu dem Mädchen sagte Er: *„Talita kum!"* (das heißt: *„Kleines Mädchen, ich sage dir, steh auf!")* (v. 41) Das Mädchen stand sofort auf und ging umher.

Glauben Sie, dass wenn Sie voller Vertrauen beten, selbst schlimme Krankheiten geheilt und die Toten wiederbelebt werden können. Wenn Sie bis dahin zweifelnd gebetet haben, dann empfangen Sie Ihre Heilung und seien Sei stark, indem Sie wegen dieser Sünde Buße, tun.

5) Sie müssen Buße tun, dass Sie den Geboten Gottes gegenüber nicht gehorsam waren.

In Johannes 14,21 sagt uns Jesus: *„Wer meine Gebote hat und sie hält, der ist es, der mich liebt; wer aber mich liebt, wird von meinem Vater geliebt werden; und ich werde ihn lieben und mich selbst ihm offenbaren."* Auch im 1. Johannes 3,21-22 werden wir daran erinnert: *„Geliebte, wenn das Herz uns nicht verurteilt, haben wir Freimütigkeit zu Gott, und was immer wir bitten, empfangen wir von ihm, weil wir seine Gebote halten und das vor ihm Wohlgefällige tun."* Ein Sünder könnte nie voller Zuversicht vor Gott stehen. Doch wenn unsere Herzen im Spiegel von Gottes Wahrheit ehrbar und tadellos sind, können wir Gott ganz kühn um Alles bitten.

So müssen Sie als jemand, der an Gott glaubt, die Zehn Gebote lernen und begreifen, denn sie sind wie eine Zusammenfassung der 66 Bücher der Bibel. Dann erkennen Sie, in welchem Bereich Ihres Lebens Sie ungehorsam gewesen sind.

I. Habe ich je andere Götter in meinem Herzen über Gott gestellt?

II. Habe ich je meinen Besitz, meine Kinder, meine Gesundheit, mein Geschäft und dergleichen zu einem Götzen gemacht und angebetet?

III. Habe ich je den Namen Gottes umsonst gebraucht?

IV. Habe ich immer den Sabbat geheiligt?

V. Habe ich meine Eltern immer geehrt?

VI. Habe ich jemals einen tatsächlichen oder einen geistlichen Mord begangen, weil ich meine Brüder oder Schwestern gehasst habe oder sie dazu gebracht habe, zu sündigen?

VII. Habe ich jemals Ehebruch begangen, selbst wenn es nur im Herzen war?

VIII. Habe ich jemals etwas gestohlen?

IX. Habe ich schon einmal über meinen Nächsten ein falsches Zeugnis abgegeben?

X. Habe ich jemals nach dem Besitz meines Nächsten getrachtet?

Außerdem müssen Sie zurückschauen um zu sehen, ob Sie Gottes Gebot, Ihren Nächsten wie sich selbst zu lieben, gehalten haben. Wenn Sie Gottes Geboten gehorchen und Ihn darum bitten, wird die Kraft Gottes Sie wirklich von allen Krankheiten heilen.

**6) Sie müssen Buße tun, dass Sie nicht gesät haben, wie es Gott gefällt.**

Als Gott, der das gesamte Universum kontrolliert, hat Er Gesetze für den geistlichen Bereich eingesetzt und lenkt und leitet dementsprechend alles als gerechter Richter.

In Daniel 6 befand sich König Darius in einer prekären Situation, in der er seinen geliebten Diener Daniel nicht aus der Löwengrube befreien konnte, obwohl er der König war. Da er, Darius, das Dekret unterzeichnet hatte, konnte er nicht das Gesetz brechen, was er selbst festgelegt hatte. Wäre der König der erste, der das Gesetz beugt und bricht, wer würde ihm dann noch gehorchen und dienen? Darum konnte Darius, obwohl sein geliebter Diener Daniel nur durch die Intrige böser Männer in die Löwengrube geworfen werden sollte, nichts tun.

Genauso wenig kann Gott die Regeln beugen und das Gesetz, das Er selbst eingesetzt hatte, brechen. Alles im Universum läuft unter Seiner Vorherrschaft einer genauen Abfolge entsprechend ab. So steht geschrieben: *„Irrt euch nicht, Gott lässt sich nicht verspotten! Denn was ein Mensch sät, das wird er auch ernten"* (Galater 6,7).

Wenn Sie im Gebet säen, werden Sie Antworten bekommen und geistlich wachsen. Ihr Innerstes wird gestärkt und Ihr Geist erneuert. Falls Sie krank waren oder Leiden hatten, und nun Ihre Zeit aufgrund Ihrer Liebe zu Gott investieren, indem Sie fleißig an allen Anbetungsgottesdiensten teilnehmen, dann werden Sie den Segen der Heilung empfangen und ohne Zweifel eine Veränderung in Ihrem Körper spüren. Wenn Sie Finanzen in Gottes Reich säen, wird Er Sie vor Anfechtungen beschützen und abschirmen und Sie außerdem mit noch größerem Reichtum segnen.

Wenn Sie verstehen, wie wichtig es ist, in Gottes Reich zu säen, wenn Sie Ihre Hoffnungen für diese Welt, die zu Grunde gehen und verschwinden wird, abwerfen und stattdessen gemäß dem wahrem Glauben Schätze im Himmel anhäufen, wird der Allmächtige Sie so führen, dass sie stets gesund sind.

Anhand von Gottes Wort haben wir bisher die Mauer zwischen Gott und den Menschen untersucht, und überlegt, warum der Mensch mit quälenden Krankheiten lebt. Wenn Sie bisher nicht an Gott geglaubt haben, nehmen Sie Jesus als Ihren Erretter an und fangen Sie in Christus ein neues Leben an. Fürchten Sie sich nicht vor denen, die das Fleisch töten können. Fürchten Sie stattdessen den, der das Fleisch und den Geist in der Hölle verdammen kann und behüten Sie Ihren Glauben an den Gott der Errettung vor Verfolgung durch Ihre Eltern, Geschwister, Ehepartner, Schwiegereltern und alle anderen Menschen. Wenn Gott Ihren Glauben anerkennt, wird Er wirken und Sie können die Gnade der Heilung empfangen.

Wenn Sie gläubig sind, aber unter Krankheiten leiden, prüfen Sie sich selbst: Gibt es noch einen Rest des Bösen in Ihnen gibt, wie zum Beispiel Hass, Eifersucht, Neid, Ungerechtigkeit, Schmutz, Gier, finstere Motive, Mord, Hader, Klatsch, Verleumdung, Stolz und dergleichen mehr? Beten Sie zu Gott, empfangen Sie Vergebung durch Sein Mitgefühl und Seine Barmherzigkeit und empfangen Sie gleichzeitig die Antwort für das Problem Ihrer Krankheit.

Viele Menschen versuchen, mit Gott zu verhandeln. Sie sagen, wenn Gott zuerst ihre Krankheiten und Leiden heilt, werden Sie an Jesus glauben und Ihm treu nachfolgen. Doch weil Gott das Innerste eines jeden Herzens kennt, heilt Er die Menschen von ihren körperlichen Krankheiten erst, nachdem sie geistlich gereinigt worden sind.

Da ich weiß, dass die Gedanken des Menschen und die Gedanken Gottes sich unterscheiden, bete ich im Namen des Herrn Jesus Folgendes: Mögen Sie erstens dem Willen Gottes gehorchen, damit es Ihrem Geist gut geht und zweitens den Segen der Heilung von Ihrer Krankheit erleben.

# Kapitel 3

# Gott, der Heiler

„Wenn du willig auf die Stimme des HERRN,
deines Gottes, hörst und tust, was in seinen Augen recht ist,
seinen Geboten gehorchst und all seine Ordnungen hältst,
dann werde ich dir keine der Krankheiten auferlegen,
die ich den Ägyptern auferlegt habe;
denn ich bin der HERR, der dich heilt."

2. Mose 15,26

## 1. Warum wird der Mensch krank?

Obwohl Gott, der Heiler, will, dass alle Seine Kinder ein gesundes Leben führen, leiden viele von ihnen an schmerzhaften Krankheiten und sind nicht in der Lage, das Problem der Krankheit zu lösen. So wie es für alles eine Ursache gibt, existiert auch für alle Krankheiten ein Grund. Jede Krankheit kann schnell geheilt werden, sobald die Ursache festgestellt worden ist. So müssen alle, die geheilt werden wollen, zuerst den Grund für ihre Krankheit herausfinden. Mithilfe von dem, was Gott im 2. Mose 15,26 sagt, wollen wir uns genauer anschauen, welche Ursachen Krankheiten haben und auf welche Weise wir am besten von Krankheit befreit werden und ein gesundes Leben führen können.

„Der HERR" ist ein Name, der für Gott benutzt wird und er steht für „Ich bin, der ich bin" (2. Mose 3,14). Dieser Name deutet auch darauf hin, dass alle anderen Wesen der Autorität Gottes, dem alle Ehrfurcht gebührt, Untertan sind. Da sich Gott selbst als „der Herr, der dich heilt" bezeichnet (2. Mose 15,26), erfahren wir hier zum einen etwas über die Liebe Gottes, die uns von quälenden Krankheiten befreit, und zum anderen über die Kraft Gottes, die Krankheiten heilt.

Im 2. Mose 15,26 verheißt Gott: *„Wenn du willig auf die Stimme des HERRN, deines Gottes, hörst und tust, was in seinen Augen recht ist, seinen Geboten gehorchst und all seine Ordnungen hältst, dann werde ich dir keine der Krankheiten auferlegen, die ich den Ägyptern auferlegt habe; denn ich bin* *der HERR, der dich heilt."* Wenn Sie krank geworden sind, beweist dies, dass Sie Seiner Stimme nicht sorgfältig zugehört haben, dass Sie nicht das getan haben, was in Seinen Augen recht ist und dass Sie nicht auf Seine Gebote geachtet haben.

Da Gottes Kinder Bürger des Himmels sind, müssen Sie sich an das Gesetz des Himmels halten. Wenn Bürger des Himmels seinen Gesetzen nicht gehorchen, kann Gott sie nicht beschützen, weil Sünde Gesetzlosigkeit ist (1. Johannes 3,4). Dann können die Mächte von Krankheit hereinkommen und ungehorsame Kinder Gottes mit quälenden Krankheiten schlagen.

Lassen Sie uns nun im Einzelnen untersuchen, wie und warum wir krank werden und wie Kranke durch die Kraft Gottes, des Heilers, gesund werden können.

## 2. Ein Beispiel, wie jemand durch seine Sünde krank wird

In der gesamten Bibel lesen wir immer wieder, dass Sünde die Ursache für Krankheiten ist. In Johannes 5,14 steht: *„Danach findet Jesus ihn im Tempel, und er sprach zu ihm: Siehe, du bist gesund geworden. Sündige nicht mehr, damit dir nichts Ärgeres widerfahre!"* Dieser Vers vergegenwärtigt uns, dass falls ein Mensch sündigt, er eine noch schlimmere Krankheit als vorher bekommen könnte und damit auch, dass Menschen durch Sünden krank werden.

Im 5. Mose 7,12-15 verheißt Gott: *„Und es wird geschehen: Dafür, dass ihr diesen Rechtsbestimmungen gehorcht, sie bewahrt und sie tut, wird der HERR, dein Gott, dir den Bund und die Güte bewahren, die er deinen Vätern geschworen hat. Und er wird dich lieben und dich segnen und dich zahlreich werden lassen. Er wird die Frucht deines Leibes segnen und die Frucht deines Landes, dein Getreide, deinen Most und dein Öl, den Wurf deiner Rinder und den Zuwachs deiner Schafe, in dem Land, das er deinen Vätern geschworen hat, dir zu geben. Gesegnet wirst du sein vor allen Völkern. Kein Unfruchtbarer und keine Unfruchtbare wird bei dir sein noch bei deinem Vieh. Und der HERR wird jede Krankheit von dir abwenden. Und keine der bösen Seuchen Ägyptens, die du kennst, wird er auf dich legen, sondern er wird sie auf alle deine Hasser bringen."* In denjenigen, die hasserfüllt sind, ruhen das Böse und Sünde und auf solche Menschen kommen Krankheiten.

Im 5. Mose 28, welches als das „Kapitel der Segnungen" bekannt ist, beschreibt Gott die Segnungen, die wir bekommen, wenn wir unserem Gott ganz und gar gehorchen und Seinen Befehlen achtsam Folge leisten. Er listet auch die verschiedenen Flüche auf, die über uns kommen und uns überwältigen, falls wir all Seinen Befehlen und Dekreten nicht achtsam folgen.

Insbesondere werden Krankheiten im Detail genannt, denen wir ausgesetzt sind, wenn wir Gott nicht gehorchen. Dabei handelt es sich um Pest, Schwindsucht, Fieberglut, Entzündung, Dürre und Getreidebrand, Vergilben des Korns, Geschwüre Ägyptens, Krätze mit Grind, die nicht geheilt werden kann,

Wahnsinn, Blindheit, Geistesverwirrung, ohne dass jemand dagegen helfen könnte, böse Geschwüre an den Knien und Schenkeln, die nicht mehr geheilt werden können und sich von der Fußsohle bis zum Scheitel ausbreiten. (5. Mose 28,21-35).

Wenn man richtig begriffen hat, dass Sünde die Ursache für Krankheit ist, muss man, falls man krank geworden ist, zuerst einmal Buße tun, weil man nicht nach dem Wort Gottes gelebt hat, und dann Vergebung empfangen. Wenn jemand Heilung empfangen hat, weil er entsprechend dem Wort lebt, darf er nie mehr sündigen.

## 3. Ein Beispiel von jemandem, der krank wurde, obwohl er meint, er habe nicht gesündigt

Manche Menschen sagen, sie sind krank geworden, obwohl sie nicht gesündigt haben. Dagegen besagt das Wort Gottes, dass Gott uns keinerlei Krankheiten auferlegen wird, wenn wir das tun, was in Gottes Augen richtig ist, wenn wir auf Seine Gebote achten und alle Seine Befehle befolgen. Wenn wir krank geworden sind, müssen wir bekennen, dass wir irgendwo nicht das in Seinen Augen Richtige getan und Seine Gebote nicht gehalten haben.

Welche Sünden verursachen Krankheiten?

Wenn jemand einen gesunden Körper, den Gott ihm geschenkt hat, durch mangelnde Selbstkontrolle oder auf unmoralische Art und Weise missbraucht, wenn er Seinen Geboten nicht gehorcht, Fehler macht und ein chaotisches Leben führt, riskiert er krank zu werden. In diese Kategorie von Krankheiten fallen Magen-Darm-Leiden durch exzessive oder unregelmäßige Essgewohnheiten, Leberkrankheiten von ständigem Rauchen und Alkoholgenuss, sowie viele anderen Arten von Krankheiten, da der Körper überbelastet wird.

Es mag vielleicht mit menschlichen Augen gesehen keine Sünde sein, doch in den Augen Gottes ist es Sünde. Übermäßiges Essen ist eine Sünde, weil es zeigt, dass man gierig ist – unfähig, sich selbst zu beherrschen. Wenn jemand krank wird, weil er unregelmäßig isst, besteht seine Sünde darin, dass er unbeständiges Leben, ohne regelmäßige Abläufe führt, und das er seine Essenszeiten nicht eingehalten hat. Stattdessen missbrauchte er seinen Körper ohne Selbstkontrolle. Wenn jemand krank wurde, weil das Essen noch nicht ganz fertig war, ist seine Sünde Ungeduld – und damit hat er nicht entsprechend der Wahrheit gehandelt.

Wenn jemand ein Messer unachtsam benutzt und sich geschnitten hat und die Wunde eitrig wurde, war die Ursache Sünde. Wenn diese Person Gott wirklich lieben würde, würde Er sie immer vor Unfällen schützen. Selbst wenn er einen Fehler macht, hätte Gott einen Ausweg parat gehabt. Da Er für die, die Ihn lieben, nur Gutes wirkt, hätte es am Körper keine Narben gegeben. Wunden und Verletzungen können nur durch Hast und Unachtsamkeit entstehen. Beides ist in Gottes Augen gerecht. Das heißt, sein Handeln war sündig.

Das Gleiche gilt für Rauchen und Trinken. Wenn jemand weiß, dass Rauchen den Verstand vernebelt, seinen Bronchien schadet und Krebs verursacht, aber dennoch nicht fähig ist, aufzuhören, ist das Sünde. Das Gleiche gilt, wenn jemandem bewusst ist, dass das Gift im Alkohol dem Darm schadet und seine inneren Organe schädigt, und er dennoch nicht in der Lage ist, damit aufzuhören. Es zeigt, dass er unfähig ist, sich selbst und seine Gier zu kontrollieren. Es zeigt einen Mangel an Liebe für seinen Körper und dass er dem Willen Gottes nicht Folge geleistet hat. Wie kann dieses Verhalten Sünde sein?

Selbst wenn wir vorher nicht sicher waren, dass alle Krankheiten durch Sünde verursacht werden, können wir jetzt, nachdem wir viele verschiedene Fälle untersucht und mit Hilfe von Gottes Wort eingeordnet haben, sicher sein. Wir müssen Seinem Wort immer gehorchen und danach leben, damit wir frei von Krankheiten sein können. Anders ausgedrückt: Wenn wir tun, was recht ist in Seinen Augen, Seinen Geboten Aufmerksamkeit schenken und alle Seine Befehle befolgen, beschützt und beschirmt Er uns immer vor Krankheiten.

## 4. Von Neurosen und anderen geistigen Leiden verursachte Krankheiten

Statistiken beweisen, dass immer mehr Menschen an Neurosen und anderen geistigen Krankheiten leiden. Wenn Menschen Geduld üben würden, wie es uns das Wort Gottes lehrt und wenn sie vergeben, lieben und Dinge entsprechend der Wahrheit verstehen würden, könnten sie schnell von solchen Krankheiten befreit werden. Doch in ihren Herzen gibt es noch Böses und das Böse verbietet es ihnen, ihr Leben entsprechend dem Wort zu gestalten. Die geistigen Qualen ziehen andere Körperteile und das Immunsystem in Mitleidenschaft und führen schließlich zu Krankheiten. Wenn wir nach dem Wort leben, werden unsere Gefühle nicht aufgewühlt, wir sind nicht jähzornig und unser Verstand lässt sich von nichts und niemandem aufhetzen.

Es gibt Menschen um uns herum, die scheinbar nicht böse, sondern gut sind. Doch sie leiden unter dieser Art von Krankheit. Sie gestatten sich nicht einmal, normale Gefühle auszudrücken; aber sie leiden an einer viel schlimmeren Krankheit als die, die ihrem Zorn und ihrer Rage Raum lassen. Wenn man entsprechend der Wahrheit Gottes gütig ist, leidet man keine Qualen, weil es einen Konflikt zwischen widersprüchliche Gefühle gab. Es handelt sich dabei vielmehr um ein gegenseitiges vergebungsbereites und liebevolles Verstehen und ein Trostfinden in Selbstkontrolle und Ausharren.

Auch Menschen, die wissentlich sündigen, leiden an geistigen Krankheiten, die durch zerstörerische, geistige Qualen ausgelöst werden. Ihr Handeln wird nicht von Güte bestimmt. Sie rutschen tiefer ins Böse ab und so löst ihr geistiges Leiden eine Krankheit aus. Wir müssen wissen, dass Neurosen und andere geistige Krankheiten von der Person selbst ausgelöst werden. Die Ursache ist ihre eigene törichte und böse Handlungsweise.

Doch auch in solchen Fällen heilt Gott, der die Liebe selbst ist, diejenigen, die Ihn suchen und von Ihm geheilt werden wollen. Auch gibt Er ihnen Hoffnung auf den Himmel und wird sie dort wirklich froh und getrost leben lassen.

## 5. Krankheiten vom Teufel werden auch durch Sünde verursacht

Einige Menschen sind vom Teufel besessen und leiden unter all den Krankheiten, die der Feind auf sie wirft. Der Grund dafür ist, dass sie den Willen Gottes vernachlässigt haben und von der Wahrheit abgewichen sind. Der Grund, warum viele Menschen in Familien, die intensiv Götzendienst betrieben haben, krank, körperlich behindert und von Dämonen besessen sind, ist, dass Gott das Anbeten von Götzen hasst.

Im 2. Mose 20,5-6 steht: *„Du sollst dich vor ihnen nicht niederwerfen und ihnen nicht dienen. Denn Ich, der HERR, dein Gott, bin ein eifersüchtiger Gott, der die Schuld der Väter heimsucht an den Kindern, an der dritten und vierten Generation von denen, die mich hassen, der aber Gnade erweist an Tausenden von Generationen von denen, die mich lieben und meine Gebote halten."* Er hat uns einen besonderen Befehl erteilt, mit dem Er uns das Anbeten von Götzen verboten hat. Schauen wir die Zehn Gebote an, dann sehen wir in den ersten beiden: *„Du sollst keine andern Götter haben neben mir"* (V. 3) und *„Du sollst dir kein Götterbild machen, auch* *keinerlei Abbild dessen, was oben im Himmel oder was unten auf der Erde oder was im Wasser unter der Erde ist"* (V. 4). Man sieht schnell, wie sehr Gott Götzendienst hasst.

Wenn Eltern dem Willen Gottes nicht gehorchen und Götzen anbeten, folgen ihre Kinder natürlich ihrer Führung. Wenn Eltern Böses tun, tun ihre Kinder natürlich Böses. Wenn die Sünde des Ungehorsams in der dritten oder vierten Generation auftritt, müssen ihre Nachkommen an Krankheiten leiden, mit denen der Teufel sie quält. Das ist der Sold für die Sünden der Vorfahren.

Wenn jemandes Eltern Götzen angebetet haben, die Kinder aber aus der Güte ihres Herzens heraus Gott anbeten, erweist Er ihnen Seine Liebe und Barmherzigkeit und segnet sie. Wenn Menschen gerade unter Krankheiten leiden, die ihnen der Teufel auferlegt hat, weil sie sich vom Willen Gottes abgewendet haben und von der Wahrheit abgefallen sind, sie dann aber Buße tun und sich von ihrer Sünde abwenden, reinigt Gott, unser Arzt, sie wieder. Einige heilt Er gleich, andere etwas später. Andere wiederum heilt Er je nach dem, wie schnell ihr Glaube wächst. Das Werk der Heilung findet entsprechend dem Willen Gottes statt: Menschen, deren Herzen in Seinen Augen fest entschlossen sind, werden sofort geheilt. Menschen, deren Herzen verschlagen sind, werden zu einem späteren Zeitpunkt geheilt.

## 6. Wir werden frei von Krankheit sein, wenn wir aus Glauben leben

Mose war demütiger als alle anderen Menschen auf der Erde (4. Mose 12,3) und in Gottes Haus in allem treu; darum wurde er als vertrauenswürdiger Diener Gottes bezeichnet (4. Mose 12,7). Außerdem berichtet die Bibel, dass als Mose im Alter von 120 Jahren starb, seine Augen nicht schwach und seine Kraft nicht von ihm gewichen waren (5. Mose 34,7). Abraham war ein gesunder Mann, der glaubte, gehorsam war und Gott fürchtete. Er wurde sogar 175 Jahre alt (1. Mose 25,7). Daniel war gesund, obwohl er nur Gemüse aß (Daniel 1,12-16). Johannes war stark und kräftig, obwohl er nur Heuschrecken und wilden Honig aß (Matthäus 3,4).

Da könnte man die Frage stellen, wie Menschen, die kein Fleisch aßen, gesund blieben. Doch als Gott den Menschen am Anfang schuf, sagte Er ihm, er solle nur Früchte essen. Im 1. Mose 2,16-17 sagt Gott zu dem Menschen: *„Von jedem Baum des Gartens darfst du essen; aber vom Baum der Erkenntnis des Guten und Bösen, davon darfst du nicht essen; denn an dem Tag, da du davon isst, musst du sterben!"* Nachdem Adam ungehorsam gewesen war, ließ Gott ihn nur die Pflanzen des Feldes essen (1. Mose 3,18) und als die Sünde in der Welt immer mehr gewachsen war, sagte Gott nach dem Gericht der Sintflut zu Noah im 1. Mose 9,3: *„Alles, was sich regt, was da lebt, soll euch zur Speise sein; wie das grüne Kraut gebe ich es euch alles."* Als der Mensch schrittweise böse wurde, erlaubte Gott ihm, Fleisch zu essen, allerdings keine „unreine" Speise (3. Mose 11 und 5. Mose 14).

Im Neuen Testament sagt Gott in der Apostelgeschichte 15,29 wir sollen uns enthalten *„von Götzenopfern und von Blut und von Ersticktem und von Unzucht."* Und: *„Wenn ihr euch davor bewahrt, so werdet ihr wohl tun."* Er erlaubte uns damit, Nahrung, die unserer Gesundheit dient, zu essen und riet uns, das zu meiden, was uns schadet. So wäre es für uns alle am Besten, das, was Gott nicht gefällt, auch nicht zu trinken oder zu essen. Solange wir dem Willen Gottes folgen und aus Glauben Leben, wird unser Körper kräftiger, Krankheiten verlassen uns und keine anderen Leiden werden auf uns kommen.

Außerdem werden wir nicht krank, wenn wir in Gerechtigkeit und Glauben leben, denn Jesus Christus kam vor zweitausend Jahren auf diese Welt und trug alle schweren Lasten für uns. Wenn wir glauben, dass Jesus, indem Er Sein Blut für uns vergoss, uns von unseren Sünden erlöste und dass wir schon geheilt worden sind, weil Er geschlagen wurde und unsere Schwachheiten auf sich nahm (Matthäus 8,17), dann wird es uns entsprechend unseres Glaubens geschehen (Jesaja 53,5-6, 1. Petrus 2,24).

Bevor wir Gott kennen lernten, hatten wir keinen Glauben. Wir jagten den Wünschen unserer sündigen Natur nach und litten an einer Reihe von Krankheiten, die das Ergebnis unserer Sünden waren. Wenn wir im Glauben leben und alles in Gerechtigkeit tun, sind wir auch mit körperlicher Gesundheit gesegnet.

Wenn der Verstand gesund ist, ist der ganze Leib gesund. Wenn wir in Gerechtigkeit leben und im Einklang mit dem Wort Gottes handeln, ist unser Leib mit dem Heiligen Geist erfüllt. Dann verlassen uns Krankheiten und da unser Körper Gesundheit empfängt, kann keine neue Krankheit in uns eindringen, denn unser Körper ist voller Frieden, fühlt sich leicht an und wir sind froh und gesund. Dann haben wir keinen Mangel und sind Gott einfach nur dankbar, weil Er uns mit guter Gesundheit beschenkt.

Mögen Sie in Gerechtigkeit und Glauben handeln, während sich Ihr Geist gut entwickelt. Dann werden Sie von all Ihren Krankheiten und Leiden geheilt und empfangen Ihre Gesundheit! Mögen Sie auch die überfließende Liebe Gottes empfangen, während Sie gehorsam sind und entsprechend dem Wort Gottes leben – für all dies bete ich im Namen unseres Herrn Jesus! Amen.

# Kapitel 4

# Durch Seine Striemen sind wir geheilt

Jedoch unsere Leiden
– er hat sie getragen, und unsere Schmerzen
– er hat sie auf sich geladen.
Wir aber, wir hielten ihn für bestraft,
von Gott geschlagen und niedergebeugt.
Doch er war durchbohrt um unserer Vergehen willen,
zerschlagen um unserer Sünden willen.
Die Strafe lag auf ihm zu unserm Frieden,
und durch seine Striemen ist uns Heilung geworden.

Jesaja 53,4-5

## 1. Jesus heilte als Sohn Gottes alle Krankheiten

Wenn Menschen im Leben ihre eigene Richtung einschlagen, stoßen sie auf eine Reihe von Problemen. So wie auch ein Meer nicht immer ruhig ist, gibt es im Meer des Lebens viele Probleme, die Zuhause, auf der Arbeit, im Geschäft, durch Krankheiten, Wohlstand und dergleichen entstehen. Es ist sicherlich keine Übertreibung zu sagen, dass bei all den Herausforderungen des Lebens Krankheiten das größte Problem darstellen.

Unabhängig davon, wie viel Wohlstand oder Wissen jemand haben mag, wenn er schlimm erkrankt, ist alles, wofür er sein Leben lang gearbeitet hat, nichts als eine Seifenblase sein. Andererseits ist zu beobachten, dass der Wunsch nach Gesundheit auch steigt, wenn eine Gesellschaft im materiellen Bereich Fortschritte macht und der Wohlstand wächst. Denn egal wie viel Fortschritte es in Wissenschaft und Medizin gibt, es werden immer neue Arten von Krankheiten, gegen die menschliches Wissen machtlos ist, entdeckt und die Anzahl der Menschen, die daran leiden, steigt stetig. Vielleicht wird deshalb heute immer mehr Wert auf Gesundheit gelegt.

Leiden, Krankheiten und Tod, die allesamt durch Sünde verursacht werden, verkörpern die Grenzen des Menschen. So wie Gott es auch im Alten Testament tat, zeigt Er, unser Heiler, uns heute den Weg, wie Menschen, die an Ihn glauben, von Krankheiten geheilt werden können – nämlich durch den Glauben an Jesus Christus. Lassen Sie uns die Bibel studieren, um herauszufinden, warum wir durch unseren Glauben an Jesus

Christus Antworten für das Problem der Krankheit finden und gesund leben können.

Als Jesus Seine Jünger fragte: „Ihr aber, was sagt ihr, wer ich bin?", sagte Simon Petrus: *„Du bist der Christus, der Sohn des lebendigen Gottes"* (Matthäus 16,15-16). Diese Antwort klingt zunächst recht einfach, aber sie offenbart auch ganz eindeutig, dass Jesus allein der Christus ist.

Zu Jesu Zeiten folgte Ihm eine große Menschenmenge nach, weil Er die Menschen, die krank waren, sofort heilte. Dazu gehörten die von Dämonen Besessenen, Epileptiker, Gelähmte und andere, die an einer Reihe von Krankheiten litten. Wann immer Aussätzige, Menschen mit Fieber, Krüppel, Blinde und alle anderen durch eine Berührung von Jesus geheilt wurden, fingen sie an, Ihm zu folgen und zu dienen. Was für ein wunderbarer Anblick muss das gewesen sein? Als Menschen Zeugen von derartigen Zeichen und Wundern wurden, glaubten sie an Jesus und nahmen Ihn an. Sie bekamen Antworten auf die Fragen ihres Lebens und die Kranken erlebten das Werk der Heilung. Genauso wie Jesus Menschen zu Seiner Zeit heilte, kann auch heute noch jeder, der zu Ihm geht, Heilung empfangen.

Ein Mann, den man als Krüppel bezeichnen könnte, kam kurz nach der Gründung unserer Gemeinde freitags in einen Anbetungsgottesdienst, der die ganze Nacht andauerte. Er hatte nach einem Autounfall eine lange Therapie in einem Krankenhaus hinter sich gebracht. Doch weil Bänder in seinem Knie gedehnt worden waren, konnte er es nicht mehr beugen, und da sich seine Wade nicht bewegte, war es ihm unmöglich zu gehen. Während er zuhörte, wie das Wort gepredigt wurde, sehnte er sich danach Jesus Christus anzunehmen und geheilt zu werden. Als ich ernsthaft für den Mann betete, stand er sofort auf und fing an, zu gehen und zu rennen. So wurde das wunderbare Wirken Gottes sichtbar wie damals, als der gelähmte Mann an der schönen Tempelpforte, der nach dem Gebet von Petrus aufsprang und anfing zu gehen (Apostelgeschichte 3,1-10).

Dies beweist, dass jeder, der an Jesus Christus glaubt und in Seinem Namen Vergebung empfängt, von all seinen Krankheiten vollkommen geheilt werden kann, selbst wenn es aus medizinischer Sicht keine Aussichten auf Heilung gibt, denn sein Körper wird erneuert und wiederhergestellt. Gott, der gestern, heute und in Ewigkeit derselbe ist (Hebräer 13,8), wirkt in den Menschen, die an Sein Wort glauben und Ihn entsprechend dem Maß ihres Glaubens suchen. Er heilt die verschiedensten Krankheiten, öffnet Blinden die Augen und lässt die Gelähmten aufstehen.

Jeder, der Jesus Christus angenommen und die Vergebung seiner Sünden empfangen hat und ein Kind Gottes geworden ist muss von nun an ein Leben in Freiheit leben.

Lassen Sie uns einmal ganz genau anschauen, warum jeder von uns, sobald wir an Jesus Christus glauben, gesund leben kann.

## 2. Jesus wurde ausgepeitscht und vergoss Sein Blut

Vor Seiner Kreuzigung wurde Jesus von römischen Soldaten ausgepeitscht und vergoss im Gericht von Pontius Pilatus Sein Blut. Zu Seiner Zeit erfreuten sich römische Soldaten guter Gesundheit, waren extrem stark und sehr gut ausgebildet. Schließlich waren sie Soldaten eines Reiches, das die damalige Welt regierte. Die quälenden Schmerzen, die Jesus ertrug, als diese kräftigen Soldaten Ihm die Kleider vom Leibe rissen und Ihn auspeitschten, lassen sich kaum in Worte fassen. Mit jedem Schlag wanden sich die Geißeln um den Leib Jesu und rissen Ihm das Fleisch heraus. Sein Blut floss in Strömen.

Warum musste Jesus, der Sohn Gottes, der ohne Sünde, Schuld oder Tadel war, für unsere Sünden ausgepeitscht werden und bluten? In diesem Ereignis lag geistlich gesprochen die tiefgreifende und erstaunliche Vorsehung Gottes verborgen.

Im 1. Petrus 2,24 lesen wir, dass wir durch Jesu Wunden geheilt worden sind. In Jesaja 53,5 steht, dass uns durch Seine Striemen Heilung geworden ist. Vor rund 2.000 Jahren wurde Jesus, der Sohn Gottes, gegeißelt, um uns von der Qual und Pein von Krankheiten zu erlösen. Sein Blut wurde vergossen, weil wir nicht nach dem Wort Gottes gelebt und damit gesündigt hatten. Wenn wir an Jesus glauben, der gegeißelt wurde und für uns bluten musste, dann sind wir bereits von unseren Krankheiten befreit und geheilt. Das ist ein Zeichen von Gottes erstaunlicher Liebe und Weisheit.

Wenn Sie als Kind Gottes an einer Krankheit leiden, tun Sie

Buße für Ihre Sünden und glauben Sie, dass Sie bereits geheilt worden sind. Denn: *„Der Glaube ... ist eine Wirklichkeit dessen, was man hofft, ein Überführtsein von Dingen, die man nicht sieht"* (Hebräer 11,1). Selbst wenn Sie noch Schmerzen in den betroffenen Körperteilen spüren, wird Ihr Körper wirklich bald geheilt sein, wenn Sie im Glauben sagen können: „Ich bereits geheilt worden."

Als ich in der Grundschule war, hatte ich mir die Rippen verletzt und jedes Mal, wenn die Verletzung wieder auftrat, waren die Schmerzen so schlimm, dass ich kaum atmen konnte. Ein oder zwei Jahre nachdem ich Jesus Christus angenommen hatte, trat der Schmerz wieder auf, als ich versuchte etwas Schweres zu heben. Ich konnte vor Schmerz keinen Schritt mehr gehen. Doch weil ich die Kraft des Allmächtigen erlebt hatte und daran glaubte, betete ich ernsthaft: „Ich glaube, dass wenn ich mich, kurz nachdem ich gebetet habe, wieder bewege, die Schmerzen verschwunden sind und ich wieder gehen kann." Ich glaubte an meinen Gott, den Allmächtigen, allein und verbannte jeden Gedanken an Schmerzen; so konnte ich aufstehen und gehen. Es war, als hätte der Schmerz nur in meiner Fantasie existiert.

Jesus sagte in Markus 11,24: *„Darum sage ich euch: Alles, um was ihr auch betet und bittet, glaubt, dass ihr es empfangen habt, und es wird euch werden."* Wenn wir glauben, dass wir schon geheilt worden sind, werden wir auch entsprechend unseres Glaubens Heilung empfangen. Wenn wir dagegen meinen, wir seien noch nicht geheilt, weil wir weiterhin Schmerzen spüren, wird die Krankheit nicht geheilt. Anders ausgedrückt: nur wenn wir den Rahmen unserer eigenen Gedanken sprengen, kann alles nach unserem Glauben geschehen.

Darum sagt uns Gott auch, dass der sündige Verstand Gott feindlich gesinnt ist (Römer 8,7). Er drängt uns, jeden Gedanken gefangen zu nehmen und unter den Gehorsam Gottes zu stellen (2. Korinther 10,5). Des Weiteren lesen wir in Matthäus 8,17, dass Jesus unsere Schwachheiten nahm und unsere Krankheiten trug. Wenn Sie denken: „Ich bin schwach", dann bleiben Sie schwach. Ihr Leben mag schwierig und Sie mögen erschöpft sein. Doch wenn Sie mit den Lippen bekennen: „Da ich die Kraft und Gnade Gottes in mir habe und der Heilige Geist in mir regiert, bin ich nicht erschöpft", wird die Erschöpfung verschwinden und Sie werden sich in eine widerstandsfähige Person verwandeln.

Wenn wir fest an Jesus Christus glauben, der unsere Leiden auf sich nahm und unsere Krankheiten trug, dann dürfen wir eines nicht vergessen: es gibt für uns keinen Grund mehr, krank zu sein.

### 3. Als Jesus ihren Glauben sah

Da wir durch die Striemen Jesu von unseren Krankheiten geheilt bereits worden sind, brauchen wir das nötige Vertrauen um es auch wirklich glauben zu können. Heute kommen viele Menschen, die Jesus Christus noch nicht persönlich kennen, mit ihren Krankheiten zu Ihm. Manche werden zu einem gewissen Grad geheilt, nachdem sie Jesus Christus angenommen haben, während bei anderen selbst nachdem sie monatelang gebetet haben, kein merklicher, sichtbarer Fortschritt sichtbar wird. Letztere müssen zurückschauen und ihren Glauben prüfen.

Lassen Sie uns anhand des Berichtes in Markus 2,1-12 untersuchen, wie der Gelähmte und seine vier Freunde ihren Glauben zeigten, die Hand des Herrn dazu bewegten, ihn von seiner Krankheit zu befreien und wie sie Gott dafür die Ehre gaben.

Als Jesus Kapernaum besuchte, verbreitete sich die Kunde von seiner Ankunft schnell und eine große Menschenmenge versammelte sich. Jesus predigte ihnen das Wort Gottes – die Wahrheit. Die Menge hörte Ihm aufmerksam zu, denn keiner wollte auch nur ein Wort von Jesus überhören. Da brachten vier Männer einen Gelähmten auf einer Trage dorthin. Wegen der riesigen Menge war es ihnen leider unmöglich, den Gelähmten direkt zu Jesus zu bringen.

Aber sie gaben nicht auf! Stattdessen kletterten sie auf das Dach des Hauses, in dem Jesus sich befand, deckten es genau an der Stelle ab, an der Er stand, und ließen die Trage mit dem Gelähmten hinunter. Als Jesus ihren Glauben sah, sagte er zu dem Gelähmten: „Kind, deine Sünden sind vergeben… steh auf, nimm dein Bett auf und geh in dein Haus!" Da empfing der Gelähmte seine Heilung, die er sich sehnlichst gewünscht hatte. Als er seine Trage hochnahm und vor aller Augen wegging, waren die Leute erstaunt und gaben Gott die Ehre.

Der Gelähmte hatte an einer so schweren Krankheit gelitten, dass er sich nicht allein bewegen konnte. Er wollte Jesus unbedingt kennen lernen, als er erfuhr, dass Er Blinden die Augen öffnete, Gelähmte gehen ließ, Aussätzige heilte, Dämonen austrieb und viele andere Menschen geheilt wurden, die an verschiedenen Krankheiten gelitten hatten. Da der Gelähmte ein gutes Herz hatte, sehnte er sich danach, Jesus zu begegnen, als er von den Heilungen erfuhr und hörte, wo Jesus hinkommen würde.

Eines Tages erfuhr der Gelähmte also, dass Jesus nach Kapernaum gekommen war. Können Sie sich vorstellen, wie sehr er sich gefreut haben muss, als er dies erfuhr? Er muss wohl seine Freunde gebeten haben, ihm zu helfen. Dankenswerterweise waren seine Freunde selbst gläubig und reagierten gerne auf die Bitte ihres Freundes. Auch die Freunde des Gelähmten hatten von Jesus erfahren und als ihr Freund sie inständig bat, ihn zu Jesus zu bringen, sagten sie ja.

Wenn sich die Freunde des Gelähmten geweigert, ihn ausgelacht und gesagt hätten: „Wie kannst du nur solche Dinge glauben, wenn du sie nicht mit eigenen Augen gesehen hast?", hätten sie sich nicht die Mühe gemacht ihrem Freund zu helfen. Doch weil auch sie Glauben hatten, brachten sie ihren Freund auf dessen Matte hin. Jeder nahm eine Ecke. Dann machten sie sich die Mühe, das Dach des Hauses abzudecken!

Als sie nach ihrer schwierigen Reise sahen, was für eine riesige Menschenmenge sich versammelt hatte, und dass sie sich nicht durchdrängeln konnten, um näher an Jesus heranzukommen, wie besorgt und enttäuscht müssen sie da wohl gewesen sein? Sie haben bestimmt darum gebeten oder sogar gefleht, dass man sie durchlässt. Doch aufgrund der Menschenmenge, die sich versammelt hatte, sahen sie dort kein Durchkommen und verzweifelten langsam. Am Ende entschlossen sie sich, auf das Dach des Hauses zu steigen, in dem Jesus war. Sie deckten es ab und ließen ihren Freund auf der Matte liegend vor Jesu Augen herab. So begegnete der Gelähmte Jesus. Er war näher an Ihm dran als alle anderen Versammelten. An dieser Geschichte können wir erkennen, wie ernsthaft der Gelähmte und seine Freunde sich danach gesehnt haben müssen, vor Jesus zu treten.

Wir dürfen nicht übersehen, dass der Gelähmte und seine Freunde nicht einfach so zu Jesus kamen. Allein die Tatsache, dass sie sich all diese Mühe machten um Ihm zu begegnen, obwohl sie nur etwas über Ihn gehört hatten, zeigt uns deutlich, dass sie den Berichten über Ihn ebenso wie der Botschaft, die er predigte, glaubten. Der Gelähmte und seine Freunde bewiesen Demut, als sie vor Ihn traten, denn sie waren fest entschlossen zu Jesus vorzudringen. Darum scheuten sie sich nicht, ein offensichtliches Problem mit Beharrlichkeit anzupacken.

Die Menge sah natürlich, wie der Gelähmten von seinen Freunden auf das Dach gebracht wurde und wie sie es aufrissen. Vielleicht verhöhnten sie sie, vielleicht wurden sie auch zornig. Möglicherweise fand etwas statt, das wir uns gar nicht vorstellen können. Doch nichts und niemand konnte diese fünf Leute stoppen. Wie wussten, sobald sie vor Jesus traten, würde der Gelähmte geheilt werden; es würde ein Leichtes sein, das beschädigte Dach wieder zu reparieren oder den Schaden zu ersetzen.

Doch obwohl heute viele Menschen an schlimmen Krankheiten leiden, ist es schwierig, Patienten oder Familienangehörige zu finden, die Glauben beweisen. Anstatt fest entschlossen zu Jesus zu kommen, sind sie schnell dabei zu sagen: „Ich bin schrecklich krank. Ich würde ja gerne gehen, aber ich bin nicht dazu im Stande." Oder: „Dieser oder jener in meiner Familie ist so schwach. Er oder sie ist nicht transportfähig." Es ist ernüchternd solch passive Menschen zu sehen, die anscheinend darauf warten, dass ihnen ein Apfel vom Baum direkt in den Mund fällt. Anders ausgedrückt: diesen Leuten mangelt es an Glauben.

Wenn Menschen ihren Glauben an Gott bekennen, muss eine Ernsthaftigkeit dahinter stecken, mit der sie ihren Glauben zeigen. Man kann das Wirken Gottes nicht empfangen, wenn der Glaube dafür nur als Wissen aufgenommen und abgespeichert wird. Erst wenn jemand seinem Glauben durch Taten Ausdruck verleiht, wird er zu einem lebendigen Glauben. Nur so wird das Glaubensfundament gelegt, mit dem man den von Gott geschenkten geistlichen Glaubens empfängt. So wie der Gelähmte das Heilungswerk Gottes gemäß dem Fundament seines Glaubens empfing, müssen auch wir weise werden und Ihm unser Glaubensfundament – den Glauben selbst – zeigen. Warum? Damit wir ein Leben führen können, in dem wir den geistlichen Glauben als Geschenk Gottes empfangen und Seine Wunder erleben.

## 4. Ihre Sünden sind vergeben worden

Jesus sagte zu dem Gelähmten, der mit Hilfe seiner Freunde zu Ihm gekommen war: „Sohn, deine Sünden sind vergeben." Damit löste Er das Problem der Sünde, denn Gebetserhörungen kann man nur empfangen, wenn es keine Mauer der Sünde zwischen einer Person und Gott mehr gibt. So nahm sich Jesus zuerst des Problems der Sünde des Gelähmten, der mit einem Glaubensfundament zu Ihm gekommen war, an.

Wenn wir wirklich unseren Glauben an Gott bekennen, dann müssen wir laut Bibel mit einer bestimmten Einstellung vor Ihn treten und eine gewisse Handlungsweise an den Tag legen. Wenn wir Befehlen wie „tu dies", „tu jenes nicht", „behalte dies", „verwirf jenes" und dergleichen mehr gehorchen, dann wird eine ungerechte Person in eine gerechte verwandelt und ein Lügner wird zu einer treuen, wahrheitsliebenden Person. Wenn wir dem Wort der Wahrheit gehorchen, werden unsere Sünden mit dem Blut des Herrn Jesus weggewaschen und wenn wir Vergebung empfangen, werden Gottes Schutz und Seine Antworten für uns vom Himmel herab kommen.

Alle Krankheiten haben ihren Ursprung in Sünde. Doch sobald man das Problem behoben hat, ist die Voraussetzung geschaffen, dass sich das Werk Gottes manifestieren kann. Wenn Strom durch die Anode eintritt und durch die Kathode wieder austritt, kann eine Glühbirne leuchten oder eine Maschine arbeiten. Und wenn Gott die Grundlage des Glaubens einer Person sieht, spricht Er Vergebung zu und gibt der Person

Glauben von oben, wodurch ein Wunder gewirkt wird.

*„Steh auf, nimmt dein Bett und geh heim"* (Markus 2,11). Wie sehr muss dieser Satz das Herz des (bisher) Gelähmten berührt haben! Als Jesus seinen Glauben und den seiner vier Freunde sah, löste Er das Problem der Sünde und der Gelähmte konnte sofort gehen. Er war wieder heil, nachdem er es sich lange Zeit gewünscht hatte. Egal, ob wir krank sind oder andere Probleme haben, wir müssen daran denken, dass wir zunächst einmal Vergebung empfangen und unsere Herzen reinigen müssen, wenn wir Gebetserhörungen erleben wollen.

Menschen mit Kleinglauben suchen vielleicht nach einer Lösung für ihre Krankheiten durch Medikamente und bei Ärzten. Doch wenn ihr Glaube gewachsen ist, sie Gott lieben und entsprechend Seinem Wort leben, können Krankheiten nicht in sie eindringen. Falls sie krank werden sollten, empfangen sie ihre Heilung, sobald sie sich selbst prüfen, von ganzem Herzen Buße tun und sich von ihren bösen Wegen abwenden. Ich weiß, viele von Ihnen haben so etwas schon erlebt.

Vor einiger Zeit wurde bei einem Ältesten in meiner Gemeinde ein Bandscheibenvorfall festgestellt und er konnte sich plötzlich nicht mehr bewegen. Er prüfte sein Leben sofort, tat Buße und ließ mich für ihn beten. Das heilende Wirken von Gott setzte sofort ein und er wurde wieder gesund.

Als jemandes Tochter an einer Fiebererkrankung litt, wurde der Mutter bewusst, dass ihr eigenes hitziges Temperament der eigentliche Grund für das Leiden des Kindes war. Als sie Buße tat, ging es dem Kind wieder gut.

Um die gesamte Menschheit zu retten, die aufgrund von Adams Ungehorsam auf dem Weg der Zerstörung war, sandte Gott Jesus Christus in diese Welt und ließ zu, dass Er verflucht und an ein hölzernes Kreuz geschlagen wurde. Darum steht in der Bibel, *„ohne Blutvergießen gibt es keine Vergebung"* (Hebräer 9,22) und: *„Verflucht ist jeder, der am Holz hängt"* (Galater 3,13).

Jetzt da wir wissen, dass die Ursache für Krankheiten in der Sünde liegt, müssen wir für all unsere Sünden Buße tun und wirklich ernsthaft an Jesus Christus glauben, der uns von allen Krankheiten erlöst hat. Aus diesem Glauben heraus sollten wir ein gesundes Leben führen. Viele Geschwister erleben heute Heilungen, berichten von der Kraft Gottes und bezeugen so den lebendigen Gott. Dies macht uns deutlich, dass es für alle, die Jesus Christus annehmen und in Seinem Namen beten, eine Lösung für all ihre Krankheiten gibt. Es ist egal wie schlimm jemandes Erkrankung auch sein mag. Wenn er in seinem Herzen glaubt, dass Jesus Christus ausgepeitscht wurde und Sein Blut vergossen hat, wird sich das erstaunliche Heilungswerk Gottes manifestieren.

### 5. Durch Taten vollendeter Glaube

Der Gelähmte empfing seine Heilung mit Hilfe seiner vier Freunde, nachdem diese ihren Glauben an Jesus demonstriert hatten. Wenn unsere Herzenswünsche erfüllt werden sollen, müssen wir Gott unseren Glauben, der von Taten begleitet wird, zeigen. Dadurch setzen wir gleichzeitig ein Fundament des Glaubens. Um dem Leser ein besseres Verständnis für das Wort „Glauben" zu vermitteln, biete ich hier eine kurze Erklärung an.

Wenn jemand in Christus lebt, kann sein „Glaube" in zwei Kategorien eingeteilt werden. Der „Glaube des Fleisches" oder der „Glaube als Wissen" bezieht sich auf die Art Glauben, mit dem jemand aufgrund von physikalischen Beweisen glaubt; Wissen und Gedanken entsprechen dem Wort. Im Gegensatz dazu ist „geistlicher Glaube" die Art von Glauben, mit dem jemand glaubt, selbst wenn er es nicht sehen kann und das Wort nicht zu seinen Erkenntnissen oder Gedanken passt.

Mit dem „Glauben des Fleisches" oder „fleischlichem Glauben", ist man überzeugt, dass sichtbare Dinge einzig und allein aus anderen sichtbaren Dingen geschaffen worden sein können. Mit „geistlich gesinntem" oder „geistlichem Glauben", den man nicht haben kann, wenn man seine eigenen Gedanken und die eigene Erkenntnis mit einfließen lässt, glaubt man, dass Sichtbares aus Unsichtbarem geschaffen werden kann. Die zweite Art des Glaubens macht es nötig, dass man die eigenen Erkenntnisse und Gedanken zerstört.

Praktisch ab der Geburt wird im Gehirn eines jeden Menschen unermesslich viel Wissen abgespeichert. Dinge, die er sieht und hört, werden abgespeichert. Dinge, die er Zuhause und in der Schule lernt, werden abgespeichert. Dinge, die er in seiner Umgebung und unter verschiedenen Umständen lernt, werden gespeichert. Doch nicht alle Erkenntnisse, die abgespeichert sind, entsprechen der Wahrheit. Wenn sie dem Wort Gottes widersprechen, muss man sie natürlich bei Seite legen. In der Schule mag er beispielsweise gehört haben, dass jedes Lebewesen, von einem Einzeller, der sich geteilt hat, abstammt. Doch die Bibel lehrt, dass alle Lebewesen entsprechend ihrer Art von Gott geschaffen worden sind. Was sollte er tun? Dass es sich bei der Evolutionstheorie um einen weit verbreiteten Irrtum handelt, ist inzwischen immer wieder von der Wissenschaft bewiesen worden. Wie sollte es für den menschlichen Verstand auch begreifbar sein, dass sich aus einem Affen über einen Zeitraum von Hundertmillionen Jahren ein Mensch entwickelt haben soll oder dass ein Frosch zu irgendeiner Art Vogel geworden sein könnte? Die Logik selbst spricht für die Schöpfung.

Wenn Ihr „fleischlicher Glaube" zu „geistlichem Glauben" umgewandelt wird, weil Sie Ihre Zweifel verwerfen, werden Sie auf dem Felsen des Glaubens stehen. Wenn Sie Ihren Glauben an Gott bekennen, müssen Sie das Wort, das Sie als Wissen abgespeichert haben, in die Praxis umsetzen. Wenn Sie bekennen, dass Sie an Gott glauben, müssen Sie im Licht leben, indem Sie den Tag des Herrn heiligen, Ihren Nächsten lieben und dem Wort der Wahrheit gehorchen.

Wäre der Gelähmte in Markus 2 daheim geblieben, wäre er nicht geheilt worden. Doch er glaubte, dass er durch eine Begegnung mit Jesus geheilt werden würde. Er zeigte seinen Glauben, indem er tat, was ihm möglich war. Darum empfing er seine Heilung. Wenn jemand, der gerne ein Haus bauen würde, einfach betet: „Herr, ich glaube, dass das Haus gebaut wird", führt das nicht dazu, dass sich das Haus selbst baut, selbst wenn er hundert oder tausend Mal betet. Er muss seinen Teil der Arbeit tun, indem er ein Fundament vorbereitet, eine Baugrube aushebt, Stützpfeiler setzt und die übrigen Arbeiten erledigt; kurz gesagt, es sind „Taten" notwendig.

Wenn Sie selbst an einer Krankheit leiden oder jemand in Ihrer Familie, glauben Sie, dass Gott Vergebung schenkt und Sein Heilungswerk manifestiert, wenn Er sieht, dass alle in Ihrer Familie in Liebe vereint sind. Es muss eine Einheit vorherrschen, die Er als ein Fundament des Glaubens einstuft. Manche sagen, da es für alles eine Zeit gibt, gibt es auch eine Zeit für Heilung. Sie sollten allerdings bedenken, dass diese „Zeit" gekommen ist, wenn der Mensch das Fundament des Glaubens vor Gott gelegt hat.

Mögen Sie die Erhörung Ihrer Gebete empfangen – egal, ob Sie krank sind und Heilung brauchen oder für andere Dinge beten. Mögen Sie Gott die Ehre dafür geben – dies bete ich Ihm Namen Jesu, Amen!

# Kapitel 5

# Kraft, Schwachheiten zu heilen

Und als [Jesus]
Seine zwölf Jünger herangerufen hatte,
gab Er ihnen Vollmacht über unreine Geister,
sie auszutreiben und jede Krankheit
und jedes Gebrechen zu heilen.

Matthäus 10,1

## 1. Die Kraft, Krankheiten und Leiden zu heilen

Es gibt viele Wege um Ungläubigen zu beweisen, dass es einen lebendigen Gott gibt. Die Heilung von Krankheiten ist eine Möglichkeit. Manche Menschen leiden an unheilbaren Krankheiten oder befinden sich im Endstadium, wobei auch die Mediziner keine Lösung mehr wissen; wenn sie Heilung empfangen, dann können sie die Kraft von Gott, unserem Schöpfer, nicht mehr verleugnen, sondern müssen an diese Kraft glauben und Ihm die Ehre dafür geben.

Trotz Reichtum, Autorität, Ruhm und Wissen können viele Menschen heute das Problem mit Krankheiten nicht lösen und leiden Qualen. Obwohl es für eine große Anzahl von Krankheiten selbst mit der modernsten Medizin keine Heilung gibt, können Menschen dennoch von unheilbaren Krankheiten oder von Krankheiten im so genannten Endstadium geheilt werden, wenn sie an Gott den Allmächtigen glauben, sich auf Ihn verlassen und Ihm das Problem der Krankheit überlassen. Unser Gott ist der Allmächtige, für den nichts unmöglich ist und der aus dem Nichts etwas schaffen kann, ein Stück Holz Blätter und Blüten treiben lässt (4. Mose 17,8) und die Toten wieder belebt (Johannes 11,17-44).

Die Kraft Gottes kann wirklich jede Krankheit und alle Leiden heilen. In Matthäus 4,23 lesen wir: *„Und [Jesus] zog in ganz Galiläa umher, lehrte in ihren Synagogen und predigte das Evangelium des Reiches und heilte jede Krankheit und jedes Gebrechen unter dem Volk."* In Matthäus 8,17 steht: *„[D]* *amit erfüllt würde, was durch den Propheten Jesaja geredet ist, der spricht: ‚Er selbst nahm unsere Schwachheiten und trug unsere Krankheiten.'"* In diesen Passagen steht die Wörter „Krankheit", „Leiden" und „Gebrechen".

Hier bedeuten die „Schwachheiten" nicht relativ leichte Krankheiten, wie zum Beispiel eine Erkältung oder eine durch Ermüdung hervorgerufene Krankheit. Es handelt sich vielmehr um einen anormalen Zustand, bei dem Körperfunktionen, Teile des Körpers oder Organe gelähmt sind. Gemeint sind auch Fälle, in denen Körperteile nach einem Unfall, einem Fehler der Eltern oder aus eigenem Verschulden degeneriert sind. Zum Beispiel kann man von „Schwachheiten" sprechen, wenn es sich um Kinderlähmung handelt, wenn jemand stumm, taub, blind oder behindert ist oder etwas anderes hat, das nicht durch menschliche Erkenntnis geheilt werden kann. Neben den Zuständen, die durch einen Unfall, einen Fehler von Eltern oder durch eigenes Verschulden verursacht wurden, gibt es auch, wie bei dem blind geborenen Mann in Johannes 9,1-3, solche Menschen, die an Schwachheiten leiden, damit die Herrlichkeit Gottes an ihnen gezeigt werden kann. Doch solche Fälle sind selten, denn die meisten werden durch Unwissenheit oder menschliche Fehler verursacht.

Wenn Menschen Buße tun und Jesus Christus annehmen, schenkt Gott ihnen die Gabe des Heiligen Geistes, wenn sie danach streben, an Gott zu glauben. Mit dem Heiligen Geist bekommen sie auch das Recht, Kinder Gottes zu werden. Wenn der Heilige Geist bei ihnen ist, werden die meisten Krankheiten geheilt, außer in sehr schwierigen oder ernsten Fällen. Die Tatsache allein, dass sie den Heiligen Geist empfangen haben, ermöglicht es, dass das Feuer des Heiligen Geistes auf sie herabkommt und ihre Wunden ausbrennt. Außerdem können Menschen, selbst wenn sie an einer schlimmen Krankheit leiden, Heilung gemäß ihres Glaubens empfangen, wenn sie eifrig und voller Glauben beten, die Wand der Sünde zwischen sich und Gott zerstören, sich von ihren sündigen Wegen abwenden und Buße tun.

„Das Feuer des Heiligen Geistes" bezieht sich auf die Feuertaufe, die stattfindet, nachdem man den Heiligen Geist empfangen hat; und in Gottes Augen ist das Seine Kraft. Als die geistlichen Augen von Johannes dem Täufer geöffnet wurden und er sehen konnte, beschrieb er das Feuer des Heiligen Geistes als „die Taufe mit Feuer". In Matthäus 3,11 sagt Johannes der Täufer: *„Ich zwar taufe euch mit Wasser zur Buße; der aber nach mir kommt, ist stärker als ich, dessen Sandalen zu tragen ich nicht würdig bin; Er wird euch mit Heiligem Geist und Feuer taufen."* Die Taufe mit Feuer kommt nicht einfach so, sondern erst dann, wenn man mit dem Heiligen Geist erfüllt ist. Da das Feuer des Heiligen Geistes immer auf denjenigen kommt, der mit dem Heiligen Geist erfüllt ist, werden auch alle seine Sünden und Krankheiten ausgebrannt und er beginnt ein gesundes Leben.

Wenn die Feuertaufe den Fluch einer Krankheit ausbrennt, werden die meisten Krankheiten geheilt. Allerdings können Schwachheiten auch durch die Feuertaufe nicht ausgebrannt werden. Wie können Schwachheiten dann geheilt werden?

Alle Schwachheiten können allein durch die Kraft Gott geheilt werden. Darum lesen wir auch in Johannes 9,32-33: *„Von Anbeginn hat man nicht gehört, dass jemand die Augen eines Blindgeborenen geöffnet habe. Wenn dieser nicht von Gott wäre, so könnte er nichts tun."*
In der Apostelgeschichte 3,1-10 gibt es eine Begebenheit, in der Petrus und Johannes, die beide die Kraft Gottes empfangen hatten, einem Mann, der von Geburt an lahm war und an der „Schönen Pforte" im Tempel bettelte, halfen aufzustehen. Als Petrus zu ihm sprach (v. 6): *„Silber und Gold besitze ich nicht; was ich aber habe, das gebe ich dir: Im Namen Jesu Christi, des Nazoräers: Geh umher!"* und den Lahmen bei der rechten Hand ergriff, wurden seine Füße und seine Knöchel sofort stark. Als das Volk sah, wie der Mann, der zuvor gelähmt war, umher ging und Gott lobte, wurden sie mit Verwunderung und Erstaunen erfüllt.
Wenn jemand Heilung empfangen möchte, muss er Glauben haben, Jesus Christus zu vertrauen. Auch wenn der lahme Mann nur ein Bettler war, konnte er dennoch, weil er an Jesus Christus glaubte, seine Heilung empfangen – und zwar als diejenigen, die die Kraft Gottes empfangen hatten, für ihn beteten. Darum sagt uns die Schrift: *„Und durch den Glauben an Seinen Namen hat Sein Name diesen, den ihr seht und kennt, stark gemacht; und der durch Ihn bewirkte Glaube hat ihm diese vollkommene Gesundheit gegeben vor euch allen"* (Apostelgeschichte 3,16).

In Matthäus 10,1 lesen wir, wie Jesus Seinen Jüngern Vollmacht gab – zum Austreiben unreiner Geister und zum Heilen aller Krankheit und Gebrechen. Im Alten Testament gab Gott Seinen geliebten Propheten, wie zum Beispiel Mose, Elija und Elisa, die Kraft zu heilen. Im Neuen Testament war die Kraft Gottes in solchen Aposteln wie Petrus und Paulus sowie treuen Mitarbeitern wie Stephanus und Philippus.

Wenn jemand die Vollmacht Gottes empfängt, ist ihm nichts mehr unmöglich. Dann kann er einem Lahmen helfen aufzustehen. Er kann an Kinderlähmung Leidende heilen und ihnen helfen, gehen zu lernen. Er kann die Blinden sehend machen, den Tauben die Ohren öffnen und die Zungen der Taubstummen lösen.

## 2. Verschiedene Wege, Leiden zu heilen

### 1) Die Kraft Gottes heilte den Tauben

In Markus 7,31-37 finden wir eine Begebenheit, wo die Kraft Gottes einen Tauben, der mit Mühe redete, heilte. Als die Menschen ihn zu Jesus brachten und Ihn baten, dem Mann die Hände aufzulegen, nahm Jesus ihn von der Volksmenge beiseite und legte Seine Finger in seine Ohren. Dann berührte Er die Zunge des Mannes mit Speichel. Er blickte zum Himmel und sprach mit einem tiefen Seufzer zu ihm: *„Hefata!" (das bedeutet: Werde geheilt!)* (v. 34) Sofort wurden die Ohren des Mannes geöffnet, die Fessel seiner Zunge wurde gelöst und er redete richtig.

Hätte Gott, der alles im Universum durch Sein Wort geschaffen hat, den Mann auch durch Sein Wort heilen können? Warum steckte Jesus Seine Finger in die Ohren des Mannes? Da taube Menschen nichts hören und sich nur über Zeichensprache verständigen können, konnte dieser Mann gar nicht den Glauben von anderen Menschen haben, selbst wenn Jesus zu ihm gesprochen hätte. Da Jesus wusste, dass es dem Mann an Glauben mangelte, steckte Er ihm die Fingers in die Ohren, damit der Mann durch die Berührung mit Seinen Finger den Glauben erlangen konnte, durch den er geheilt werden sollte. Das wichtigste Element ist der Glaube, den ein Mensch aufbringt um geheilt zu werden. Jesus hätte den Mann durch Sein Wort heilen können, doch weil der Mann nicht in der Lage war, zu hören, pflanzte Jesus Glauben und ermöglichte es dem Mann auf diese Weise, seine Heilung zu empfangen.

Warum benutzte Jesus Speichel um die Zunge des Mannes zu berühren? Die Tatsache, dass Jesus spuckte, verrät uns, dass es ein böser Geist war, der den Mann stumm gemacht hatte. Wenn Ihnen jemand ohne einen besonderen Grund ins Gesicht spucken würde, wie würden Sie das sehen? Es ist eine Schändung und ein unmoralisches Verhalten, dass den Charakter absolut gering schätzt. Da Spucken im Allgemeinen Respektlosigkeit und eine Entwürdigung symbolisiert, spuckte Jesus auch, um den bösen Geist auszutreiben.

Im 1. Mose sehen wir, dass Gott die Schlange dazu verfluchte, alle Tage ihres Lebens Staub zu fressen. Dies bezieht sich darauf, dass Gott den Feind, das heißt den Teufel, verfluchte. Satan hatte die Schlange angestiftet, sich den Menschen, der aus Staub geformt worden war, zur Beute zu machen. So hat der Feind seit der Zeit von Adam nur danach getrachtet, sich den Menschen als Beute zu krallen und jede Gelegenheit zu nutzen, ihn zu quälen und zu verschlingen. So wie Fliegen, Moskitos oder Würmer an schmutzigen Orten leben, wohnt der Teufel in Menschen, deren Herzen voller Sünde und Bosheit sind und die ein hitziges Temperament haben. Diese nimmt er in ihrem Verstand gefangen. Uns muss klar sein, dass nur diejenigen, die nach dem Wort Gottes leben und handeln, von ihren Krankheiten geheilt werden können.

### 2) Die Kraft Gottes heilte den Blinden

In Markus 8,22-25 lesen wir Folgendes:

> *Und sie kommen nach Betsaida; und sie bringen Ihm einen Blinden und bitten ihn, dass Er ihn anrühre. Und Er fasste den Blinden bei der Hand und führte ihn aus dem Dorf hinaus; und als Er in seine Augen gespien und ihm die Hände aufgelegt hatte, fragte Er ihn: Siehst du etwas? Und er blickte auf und sagte: Ich sehe die Menschen, denn ich sehe sie wie Bäume umhergehen. Dann legte Er wieder die Hände auf seine Augen, und er sah deutlich, und er war wiederhergestellt und sah alles klar.*

Als Jesus für den Blinden betete, spuckte Er auf die Augen des Mannes. Warum konnte der Mann nicht gleich, nachdem Jesus das erste Mal für ihn gebetet hatte, sehen, sondern erst nach dem zweiten Mal? Mit Seiner Macht hätte Jesus den Mann gleich komplett heilen können, doch weil der Glaube des Mannes klein war, betete Jesus ein zweites Mal und half ihm so, den nötigen Glauben aufzubringen. Damit lehrt uns Jesus, dass manche Menschen nicht in der Lage sind, ihre Heilung gleich beim ersten Mal, wenn für sie gebetet wird, zu empfangen. Für solche Leute sollten wir zwei, drei oder sogar vier Mal beten, bis ein Same des Glaubens gepflanzt wird, mit dessen Hilfe sie ihre Heilung empfangen können.

Jesus, dem nichts unmöglich war, betete einmal und dann ein zweites Mal, da Ihm bewusst war, dass der Blinde nicht durch seinen eigenen Glauben allein geheilt werden konnte. Was bedeutet das für uns? Durch Flehen und Beten sollten wir am Ball bleiben, bis wir die Heilung empfangen.

Johannes 9,6-9 berichtet von einem Mann, der blind geboren wurde und seine Heilung empfing, nachdem Jesus auf den Boden gespien, mit Seinem Speichel einen Brei gemacht und diesen Brei auf die Augen des Mannes geschmiert hatte. Warum heilte Jesus ihn, indem Er auf den Boden spuckte, mit Seinem Speichel einen Brei machte und dem Mann diesen Brei auf die Augen schmierte? Der Speichel bezieht sich an dieser Stelle nicht auf etwas Unreines. Jesus spuckte auf den Boden, damit er einen Brei machen konnte, den Er auf die Augen des Blinden tun wollte. Jesus rührte den Brei mit Seinem Speichel an, weil es nicht überall Wasser gab. Wenn Kinder eine Blase, eine Schwellung oder einen Insektenstich haben, tun Eltern oft auf liebevolle Weise etwas Speichel darauf. Wir sollten die Liebe unseres Herrn begreifen, der eine Reihe von Mitteln verwendete um den Schwachen zu helfen, den nötigen Glauben aufzubringen.

Als Jesus etwas Brei auf die Augen des Blinden strich, spürte es dieser und bekam so den Glauben, durch den er geheilt werden konnte. Nachdem Jesus dem Blinden, dessen Glauben klein war, Glauben geschenkt hatte, öffnete Er die Augen des Mannes durch Seine Macht.

Jesus sagt uns: *„Wenn ihr nicht Zeichen und Wunder seht, so werdet ihr nicht glauben"* (Johannes 4,48). Heutzutage ist es unmöglich Menschen zu helfen, Glauben zu haben, wenn man ihnen nur das Wort Gottes gibt, ohne dass sie Heilungen und Wunder zu sehen bekommen. In einem Zeitalter, in dem die Wissenschaft und die Erkenntnisse des Menschen solch enorme Sprünge gemacht haben, ist es extrem schwierig, den geistlichen Glauben zu besitzen um an einen unsichtbaren Gott zu glauben. Wir haben schon Viele sagen hören: „Sehen ist glauben." Da der Glauben der Menschen wachsen und Heilungen schneller stattfinden werden, wenn wir greifbare Beweise des lebendigen Gottes sehen, sind „Wunder und Zeichen" absolut notwendig.

### 3) Die Kraft Gottes heilte einen Gelähmten

Als Jesus die Gute Botschaft predigte und Menschen, die an allen möglichen Krankheiten und Leiden litten, heilte, manifestierten auch Seine Jünger die Kraft Gottes.

Als Petrus dem bettelnden Lahmen befahl: *"Im Namen Jesu Christi, des Nazoräers: Geh umher!"* (Vers 6) und ihn bei der rechten Hand nahm, wurden dessen Füße und Knöchel sofort stark genug, dass er aufsprang und anfing zu gehen (Apostelgeschichte 3,6-10). Als die Menschen die Wunder und Zeichen sahen, die durch Petrus sichtbar wurden, nachdem er die Kraft Gottes empfangen hatte, bekehrten sich immer mehr Menschen zum Herrn. Sie brachten die Kranken sogar auf die Straßen und legten sie dort auf Bahren und Matten, damit zumindest der Schatten von Petrus beim Vorbeigehen auf einige von ihnen fallen würde. Es versammelten sich auch Menschenmengen aus der Gegend von Jerusalem, die ihre Kranken und von Dämonen gequälten Mitmenschen brachten und jeder von ihnen wurde geheilt (Apostelgeschichte 5,14-16).

In der Apostelgeschichte 8,5-8 finden wir Folgendes: *"Philippus aber ging hinab in eine Stadt Samarias und predigte ihnen den Christus. Die Volksmengen achteten einmütig auf das, was von Philippus geredet wurde, indem sie zuhörten und die Zeichen sahen, die er tat. Denn von vielen, die unreine Geister hatten, fuhren sie aus, mit lauter Stimme schreiend; und viele Gelähmte und Lahme wurden geheilt. Und es war große Freude in jener Stadt."*

In der Apostelgeschichte 14,8-12 lesen wir etwas über einen Mann, der keine Kraft in den Füßen hatte; er war von Geburt an lahm und noch nie gelaufen. Nachdem er die Botschaft von Paulus gehört und so den Glauben zu Erlösung erlangt hatte, sprang er auf den Befehl von Paulus hin *("Stelle dich gerade hin auf deine Füße!")* (v. 10) auf und begann zu gehen. Diejenigen, die dies mit eigenen Augen gesehen hatten, riefen: „*Die Götter sind den Menschen gleich geworden und sind zu uns herabgekommen!"* (v. 11)

In der Apostelgeschichte 19,11-12 steht: „*Und ungewöhnliche Wunderwerke tat Gott durch die Hände des Paulus, so dass man sogar Schweißtücher oder Schurze von seinem Leib weg auf die Kranken legte und die Krankheiten von ihnen wichen und die bösen Geister ausfuhren."* Wie erstaunlich und wunderbar ist doch die Kraft Gottes?

Durch Menschen, die wie Petrus, Paulus und die Diakone Philippus und Stephanus ihre Herzen geheiligt und die vollkommene Liebe erreicht haben, wird die Kraft Gottes auch noch heute manifestiert. Wenn Menschen mit Glauben vor Gott treten und sich wünschen, dass sie von ihren Schwachheiten geheilt werden, können sie Heilung empfangen, wenn Diener Gottes, durch die Er wirkt, für sie beten.

Seit der Gründung der Manien-Gemeinde hat mir unser lebendiger Gott erlaubt, eine Reihe von Wundern und Zeichen zu wirken, Glauben in die Herzen der Mitglieder zu pflanzen und somit großartige Erweckungen herbeizubringen.

Es gab einmal eine Frau, die von ihrem Mann, einem Alkoholiker, missbraucht wurde. Als die Ärzte nach einer schlimmen körperlichen Misshandlung alle Hoffnung in Bezug auf ihren gelähmten Sehnerv aufgegeben hatten, kam die Frau zu uns in die Manmin-Gemeinde, nachdem sie von uns erfahren hatte. Sie nahm eifrig an Gottesdiensten teil und betete ernsthaft für ihre Heilung. Sie ließ auch mich für sich beten und konnte dann wieder sehen. Die Macht Gottes stellte ihren Sehnerv wieder vollkommen her; davor hatten die Ärzte erklärt, er sei verloren.

In einem anderen Fall gab es einen Mann, der eine schlimme Verletzung erlitten hatte, durch die sein Rückgrat an acht Stellen zertrümmert war. Der untere Teil seines Körpers war gelähmt. Er stand sogar kurz vor der Amputation seiner Beine. Nachdem er Jesus Christus angenommen hatten, konnte er die Abnahme der Beine verhindern, doch er brauchte immer noch Krücken. Dann fing er an, Versammlungen im Manmin-Gebetszentrum zu besuchen. Kurze Zeit später ließ er mich an einem Freitag in einem Gottesdienst, der die ganze Nacht dauerte, für sich beten. Danach warf er seine Krücken zur Seite und konnte wieder gehen. Inzwischen ist er ein Botschafter des Evangeliums geworden.

Die Macht Gottes kann Leiden vollkommen heilen, die die medizinische Wissenschaft nicht zu heilen vermag. In Johannes 16,23 verspricht uns Jesus: *„Und an jenem Tag werdet ihr mich nichts fragen. Wahrlich, wahrlich, ich sage euch: Was ihr den Vater bitten werdet in meinem Namen, wird er euch geben."* Mögen auch Sie an die erstaunliche Kraft Gottes glauben, ernsthaft danach trachten, die Antwort auf alle Probleme zu finden, die mit Ihrer Krankheit in Zusammenhang stehen, und ein Träger der Guten Botschaft des lebendigen und allmächtigen Gottes werden. Dies bete ich in Jesu Namen, Amen!

# Kapitel 6

## Wege, von Dämonen Besessene zu heilen

Und als [Jesus]
in ein Haus gegangen war,
fragten ihn seine Jünger allein:
Warum haben wir ihn nicht austreiben können?
Und er sprach zu ihnen:
Diese Art kann durch nichts ausfahren
als nur durch Gebet.

Markus 9,28-29

## 1. In den letzten Tagen erkaltet die Liebe

Die Fortschritte der modernen, an der Wissenschaft orientierten Gesellschaft und die Entwicklung der Industrie haben materiellen Wohlstand hervorgebracht und es den Menschen ermöglicht, dem Komfort immer mehr nachzujagen. Gleichzeitig hat dies bei den Menschen zu Entfremdung, grenzenloser Eigensucht, Verrat und Minderwertigkeitskomplexen geführt. Dabei nimmt die Liebe ab und es ist schwierig Verständnis und Vergebung zu finden.

In Matthäus 24,12 wird vorausgesagt, dass *„die Gesetzlosigkeit überhandnimmt, [und]... die Liebe der meisten erkalten"* wird. Wenn Boshaftigkeit wächst und Liebe erkaltet, stellt die wachsende Anzahl von Geisteskrankheiten, wie zum Beispiel Nervenzusammenbrüche und Schizophrenie, eines der größten Probleme da. Dies ist in unserer Gesellschaft deutlich zu beobachten.

Nervenkliniken isolieren viele Patienten, die nicht in der Lage sind, ein normales Leben zu führen. Doch man hat noch keine angemessene Heilbehandlung gefunden. Wenn nach Jahren der Behandlung kein Fortschritt zu verzeichnen ist, sind die Angehörigen oft abgekämpft. In vielen Fällen ignorieren sie dann die Patienten oder sie lassen sie wie Waisen allein. Solche Patienten, die von der Familie getrennt leben, kommen nicht wie andere Menschen allein klar. Obwohl sie echte Liebe von ihren Angehörigen bräuchten, zeigen nicht viele Gesunde solchen Menschen ihre Liebe.

In der Bibel gibt es zahlreiche Beispiele, in denen Jesus von Dämonen besessene Menschen heilte. Warum wurde dies in der Heiligen Schrift festgehalten? Jetzt, da das Ende der Zeit naht, erkaltet die Liebe und Satan peinigt Menschen. Er sorgt dafür, dass sie an geistlichen Krankheiten leiden und adoptiert sie als seine Kinder. Satans quält Menschen, macht sie krank, verwirrt sie und verdirbt ihre Gedanken mit Sünde und Bosheit. In einer Gesellschaft, die von Sünde und Boshaftigkeit durchdrungen ist, sind die Leute schnell dabei, neidisch zu sein, sich zu streiten und zu hassen und einander zu ermorden. Da das Ende immer näher rückt, müssen Christen fähig sein, die Wahrheit von der Unwahrheit zu unterscheiden. Sie müssen ihren Glauben schützen und ein körperlich und geistlich gesundes Leben zu führen.

Lassen Sie uns den Grund untersuchen, der hinter den Sticheleien und der Quälerei von Satan steckt. Ebenso wollen wir die wachsende Anzahl von Menschen betrachten, die von Satan und seinen Dämonen besessen sind und in unserer modernen Gesellschaft an geistlichen Krankheiten leiden, obwohl die Wissenschaft solche Fortschritte gemacht hat.

## 2. Der Prozess, wie jemand vom Satan in Besitz genommen wird

Jeder hat ein Gewissen. Die meisten Menschen leben, wie es ihnen ihr Gewissen vorschreibt. Doch wie der Einzelne ein reines Gewissen definiert und was das jeweils schlussendlich bedeutet, ist von Mensch zu Mensch unterschiedlich. Was ist der Grund dafür? Jeder wurde in eine andere Umgebung hineingeboren, wuchs unter anderen Umständen auf, hörte und lernte unterschiedliche Dinge von den Eltern, daheim und in der Schule und nahm dadurch andere Informationen auf.

Einerseits sagt uns das Wort Gottes, welches die Wahrheit ist: *„Lass dich nicht vom Bösen überwinden, sondern überwinde das Böse mit dem Guten!"* (Römer 12,21) und es drängt uns: *„Widersteht nicht dem Bösen, sondern wenn jemand dich auf deine rechte Backe schlagen wird, dem biete auch die andere dar"* (Matthäus 5,39). Da das Wort uns Liebe und Vergebung lehrt, entwickelt sich in denen, die gläubig sind, folgende Denkweise: „Verlieren ist Gewinnen." Hat jemand aber gelernt, dass er sich rächen sollte, wenn man ihn schlägt, kommt er zu dem Schluss, dass es mutig ist, Widerstand zu leisten, während es feige ist, anderen widerstandslos aus dem Weg zu gehen. Was für ein Gewissen Menschen haben, wird von drei Faktoren bestimmt. Die erste Frage lautet: Wie urteilt jemand? Zweitens: Führt er ein gerechtes oder ungerechtes Leben? Drittens: Wie oft geht er Kompromisse mit der Welt ein.

Jeder Mensch führt ein anders Leben. So unterscheidet sich sein Gewissen auch von dem anderer Menschen. Satan, der Feind Gottes, benutzt dies um die Menschen zu verführen, damit sie entsprechend der sündigen Natur leben, entgegen dem, was gerecht und gut ist. Wie? Er lässt böse Gedanken aufkommen und stiftet die Menschen zur Sünde an.

Im Herzen der Menschen tobt ein Konflikt zwischen dem Verlangen des Heiligen Geistes, durch welches sie nach dem Gesetz Gottes leben wollen, und der Begierde der sündigen Natur, wodurch sich Menschen gezwungen fühlen, den fleischlichen Lüsten nachzujagen. Darum drängt uns Gott im Galater 5,16-17: *„Ich sage aber: Wandelt im Geist, und ihr werdet die Begierde des Fleisches nicht erfüllen. Denn das Fleisch begehrt gegen den Geist auf, der Geist aber gegen das Fleisch; denn diese sind einander entgegengesetzt, damit ihr nicht das tut, was ihr wollt."*

Wenn wir entsprechend den Wünschen des Heiligen Geistes leben, werden wir das Königreich Gottes erben. Wenn wir den Begierden der sündigen Natur folgen und unser Leben nicht nach dem Wort Gottes ausrichten, werden wir Sein Königreich nicht erben. Darum spricht Gott auch im Galaterbrief 5,19-21 folgende Warnung aus:

> *Offenbar aber sind die Werke des Fleisches; es sind: Unzucht, Unreinheit, Ausschweifung, Götzendienst, Zauberei, Feindschaften, Streit, Eifersucht, Zornausbrüche, Selbstsüchteleien, Zwistigkeiten, Parteiungen, Neidereien, Trinkgelage, Völlereien und dergleichen. Von diesen sage ich euch im Voraus, so wie ich vorher sagte, dass die, die so etwas tun, das Reich Gottes nicht erben werden.*

Wie kommt es dazu, dass Menschen von Dämonen besessen

sind?

Durch Gedanken weckt Satan die Begierde der sündigen Natur in einem Menschen, dessen Herz mit der sündigen Natur gefüllt ist. Wenn er nicht in der Lage ist, seine Gedanken zu kontrollieren und entsprechend der sündigen Natur handelt, kommt ein Schuldgefühl auf und sein Herz wird noch böser. Wenn sich solche Taten der sündigen Natur häufen, ist die Person am Ende nicht in der Lage, sich im Zaum zu halten. Stattdessen tut sie alles, wozu Satan sie verleitet. Von solch einem Menschen kann man sagen, dass er vom Satan „besessen" ist.

Nehmen wir beispielsweise an, es gibt einen faulen Menschen, der nicht gern arbeitet und es stattdessen vorzieht zu trinken und seine Zeit zu verschwenden. Zu so jemandem kommt Satan und kontrolliert seine Gedanken, damit er weiter trinkt, seine Zeit vergeudet und der Meinung ist, dass Arbeit eine Last ist. Satan wird ihn auch vom Guten, also der Wahrheit, abbringen. Dann raubt er ihm die Kraft, sein Leben aufzubauen, und macht ihn zu einem inkompetenten und nutzlosen Menschen.

Wenn er sein Handeln von Satans Gedanken bestimmen lässt, kann er nicht mehr vor ihm fliehen. Darüber hinaus tut er, was er will anstatt sein Herz zu kontrollieren. Die Bosheit in seinem Herzen nimmt zu, denn er hat sich bereits den bösen Gedanken hingegeben. Wenn er zornig werden will, wird er zornig, bis er zufrieden ist. Wenn er streiten oder argumentieren will, wird er streiten und argumentieren, soviel er will. Wenn er Alkohol trinken will, kann er schließlich nicht mehr aufhören. Wenn diese Dinge zusammenkommen, ist er ab einem bestimmten Punkt nicht in der Lage, seine Gedanken und sein Herz zu kontrollieren und herausfinden, dass alles gegen seinen Willen läuft. Am Ende dieses Prozesses, ist er von Dämonen besessen.

### 3. Die Ursache für Dämonenbesessenheit

Es gibt zwei Hauptgründe, warum jemand von Satan aufgehetzt wird und später von Dämonen besessen ist.

1) Eltern

Wenn jemandes Eltern Gott den Rücken gekehrt und Götzen angebetet haben, was Er hasst und verabscheut, oder wenn sie etwas außergewöhnlich Böses getan haben, kommen die bösen Geister und infiltrieren ihre Kinder. Wenn niemand kontrollierend einschreitet, ergreifen die Dämonen von den Kindern Besitz. In diesem Fall müssen die Eltern zu Gott kommen, gründlich über ihre Sünden Buße tun, sich von ihren bösen Wegen abwenden und eindringlich für ihre Kinder zu Gott beten. Dann schaut Gott direkt ins Herz der Eltern und manifestiert das Werk der Heilung, wodurch auch die Ketten der Ungerechtigkeit gelöst werden.

2) Eigenverschulden

Unabhängig von den Sünden der Eltern kann man aufgrund

der eigenen Unwahrhaftigkeit, einschließlich Bosheit, Stolz und so weiter, von Dämonen besessen sein. Derjenige mag zwar nicht allein beten und Buße tun können, wenn er aber das Gebet von einem Diener Gottes annimmt, der dessen Macht demonstriert, können die Ketten der Ungerechtigkeit gelöst werden. Wenn die Dämonen ausgetrieben sind und er wieder bei Sinnen ist, muss er das Wort Gottes gelehrt bekommen. Dadurch wird sein altes Herz, das von Sünde und Bosheit durchdrungen war, entfernt und er bekommt ein wahrhaftiges Herz.

Wenn also ein Familienmitglied oder Verwandter von Dämonen besessen ist, muss die Familie jemanden bestimmen, der für die Person betet. Der Grund ist, dass das Herz und der Verstand eines besessenen Menschen durch die Dämonen kontrolliert werden und er nicht fähig ist, etwas entsprechend seinem eigenen Willen zu tun. Deshalb muss die gesamte Familie oder aber auch ein einzelnes Familienmitglied für denjenigen in Liebe und voll Mitgefühl beten, damit der von Dämonen besessene im Glauben leben kann. Wenn Gott die Hingabe und Liebe einer solchen Familie sieht, offenbart Er Sein Heilungswerk. Jesus sagte, wir sollen unseren Nächsten so zu lieben wie uns selbst (Lukas 10,27). Wenn wir nicht in der Lage sind für ein Mitglied unserer eigenen Familie, das von Dämonen besessen ist, zu beten, wie könnten wir dann behaupten, dass wir unseren Nächsten lieben?

Wenn die Familie und Freunde desjenigen, der besessen ist, den Grund feststellen, Buße tun, im Glauben an die Kraft Gottes beten, sich in Liebe hingeben und einen Samen des

Glaubens säen, werden die dämonischen Mächte vertrieben und der Angehörige wird sich in einen wahrhaftigen Menschen verwandeln, den Gott vor Dämonen beschirmt und beschützt.

## 4. Wie Menschen geheilt werden können, die von Dämonen besessen sind

An vielen Stellen in der Bibel wird über die Heilung von Leuten berichtet, die von Dämonen besessen waren. Lassen Sie uns gemeinsam untersuchen, wie sie ihre Heilung empfingen.

**1) Sie müssen die dämonischen Mächte zurückweisen.**

In Markus 5,1-20 treffen wir einen Mann, der von einem unreinen Geist besessen war. In den Versen 3 und 4 gibt es eine Erklärung über diesen Mann, *„der seine Wohnung in den Grabstätten hatte; und selbst mit Ketten konnte ihn keiner mehr binden, da er oft mit Fußfesseln und mit Ketten gebunden worden war und die Ketten von ihm in Stücke zerrissen und die Fußfesseln zerrieben worden waren; und niemand konnte ihn bändigen."* Außerdem lernen wir in Markus 5,5-7: *„Und allezeit, Nacht und Tag, war er in den Grabstätten und auf den Bergen und schrie und zerschlug sich mit Steinen. Und als er Jesus von weitem sah, lief er und warf sich vor ihm nieder; und er schrie mit lauter Stimme und sagt: Was habe ich mit dir zu schaffen, Jesus, Sohn Gottes, des Höchsten? Ich beschwöre dich bei Gott, quäle mich nicht!"*

Dies war seine Erwiderung auf das, was Jesus ihm befohlen hatte, nämlich: *„Fahre aus, du unreiner Geist, aus dem Menschen!"* (v. 8) Aus dieser Szene erkennen wir, dass die Menschen nicht wussten, dass Jesus der Sohn Gottes war, doch den unreinen Geistern war sehr wohl bewusst, wer Jesus war und welche Macht Er hatte.

Jesus fragte ihn daraufhin: *„Was ist dein Name?"* Darauf antwortete der von Dämonen besessene Mann: *„Legion ist mein Name, denn wir sind viele"* (v. 9). Er flehte Jesus wiederholt an, ihn nicht aus der Gegend fortzuschicken und er bettelte Ihn an, ihn in die Schweine hineinfahren zu lassen. Jesus fragte nicht nach dem Namen, weil Er ihn nicht gewusst hätte. Vielmehr fragte Er nach dem Namen, als wäre Er ein Richter, der einen unreinen Geist verhört. Außerdem bedeutet „Legion", dass es eine große Anzahl von Dämonen war, die den Mann gefangen genommen hatte.

Jesus erlaubt der „Legion", in die Schweineherde zu fahren, die daraufhin einen steilen Abhang hinab in den See stürzten, wo sie ertranken. Wenn wir Dämonen austreiben, müssen wir dies mit dem Wort der Wahrheit tun, das durch das Wasser symbolisch dargestellt ist. Als die Leute den Mann, der von Menschen nicht hatte gefesselt werden können, vollkommen geheilt, bekleidet und bei klarem Verstand dasitzen sahen, bekamen sie Angst.

Wie sollen wir heute Dämonen austreiben? Sie sollten im Namen Jesu Christi ausgetrieben werden – ins Wasser, welches das Wort darstellt, oder ins Feuer, welches den Heiligen Geist symbolisiert, damit ihre Kraft verloren geht. Dämonen sind geistliche Wesen; sie können ausgetrieben werden, wenn jemand betet, der die Kraft hat, Dämonen auszutreiben. Wenn ein Mensch ohne Glauben versucht, sie auszutreiben, verhöhnen und verspotten ihn die Dämonen. Um also einen von Dämonen besessenen Menschen zu heilen, muss jemand, der die Kraft Gottes hat, sie auszutreiben, für denjenigen beten.

Allerdings kann bisweilen auch ein Mann Gottes die Dämonen im Namen Jesu Christi nicht austreiben. Der Grund dafür ist, dass der von Dämonen besessene Mensch Dinge gegen den Heiligen Geist ausgesprochen oder Ihm gelästert hat (Matthäus 12,31; Lukas 12,10). Heilung kann sich bei einigen von Dämonen besessenen Menschen nicht manifestieren, wenn sie mutwillig weiter sündigen, nachdem sie die Erkenntnis der Wahrheit empfangen haben (Hebräer 10,26).

Außerdem finden wir im Hebräerbrief 6,4-6 Folgendes: *„Denn es ist unmöglich, diejenigen, die einmal erleuchtet worden sind und die himmlische Gabe geschmeckt haben und des Heiligen Geistes teilhaftig geworden sind und das gute Wort Gottes und die Kräfte des zukünftigen Zeitalters geschmeckt haben und doch abgefallen sind, wieder zur Buße zu erneuern, da sie für sich den Sohn Gottes wieder kreuzigen und dem Spott aussetzen."*

Da wir dies nun gelernt haben, müssen wir wachsam sein, damit wir selbst nie Sünden begehen, für die wir keine Vergebung mehr empfangen können. Wir müssen auch wahrhaftig entscheiden können, ob jemand, der von Dämonen besessen ist, durch Gebet geheilt werden kann oder nicht.

### 2) Bewaffnen Sie sich mit der Wahrheit.

Sobald die Dämonen aus jemandem ausgetrieben sind, muss er sein Herz mit Leben und Wahrheit füllen, indem er das Wort Gottes gewissenhaft liest, Ihn preist und zu Ihm betet. Wenn derjenige aber weiter in Sünde lebt und sich nicht mit der Wahrheit bewaffnet, kommen selbst ausgetriebene Dämonen zurück – und zwar in Begleitung von noch schlimmeren Dämonen. Man beachte, dass der Zustand des Betroffenen dann noch schlimmer wird, als vorher.

In Matthäus 12,43-45 berichtet Jesus Folgendes:

> *Wenn aber der unreine Geist von dem Menschen ausgefahren ist, so durchwandert er dürre Orte, sucht Ruhe und findet sie nicht. Dann spricht er: Ich will in mein Haus zurückkehren, aus dem ich herausgegangen bin; und wenn er kommt, findet er es leer, gekehrt und geschmückt. Dann geht er hin und nimmt sieben andere Geister mit sich, böser als er selbst, und sie gehen hinein und wohnen dort; und das Ende jenes Menschen wird schlimmer als der Anfang. So wird es auch diesem bösen Geschlecht ergehen.*

Dämonen werden nicht nachlässig ausgetrieben. Auch muss den Freunden und der Familie klar sein, dass die betroffene

Person nach dem Austreiben der Dämonen noch mehr liebevolle Fürsorge braucht als davor. Sie müssen sich hingegeben und aufopferungsvoll um ihn bemühen und ihn mit der Wahrheit ausrüsten, bis er die vollkommene Heilung empfängt.

### 5. Denen, die da glauben, ist alles möglich.

In Markus 9,17-27 wird beschrieben, wie jemandes Sohn von einem Dämon besessen ist, der ihn der Sprache beraubt hatte; außerdem leidet er an Epilepsie. Jesus heilt den Sohn, nachdem er den Glauben seines Vaters gesehen hatte. Lassen Sie uns kurz die Heilung des Sohnes untersuchen.

**1) Die Familie muss ihren Glauben zeigen.**

Der Sohn in Markus 9 war aufgrund der Tatsache, dass er von Dämonen besessen war, von Kindheit an taubstumm. Er konnte kein Wort verstehen und es war unmöglich, mit ihm zu kommunizieren. Außerdem war es schwierig festzustellen, wann und wo die Symptome der Epilepsie auftreten würden. So lebte sein Vater in ständiger Angst und Pein und hatte jegliche Hoffnung verloren.

Dann hörte er von einem Mann aus Galiläa, durch den Wunder geschahen, wie die Auferweckung von Toten und die Heilung verschiedener Krankheiten. Ein Hoffnungsstrahl durchbrach die Verzweiflung des Mannes. Wenn die Gerüchte stimmten, so glaubte der Vater, könnte dieser Mann aus Galiläa

auch seinen Sohn heilen. Auf gut Glück brachte der Vater seinen Sohn zu Jesus und sagte zu Ihm: „*Aber wenn du etwas kannst, so habe Erbarmen mit uns und hilf uns*" (Markus 9,22).
Auf die ernsthafte Bitte des Vaters hin sagte Jesus: „*Wenn du das kannst? Dem Glaubenden ist alles möglich*" (v. 23). Er rügte den Vater für seinen Kleinglauben. Der Vater hatte zwar die Nachricht vernommen, doch nicht in seinem Herzen geglaubt. Wenn dem Vater bewusst gewesen wäre, dass Jesus, der Sohn Gottes, allmächtig und die Wahrheit selbst war, hätte er nicht „wenn" gesagt. Als Jesus den Vater zurechtwies: „Wenn du das kannst?", wollte Er auch uns etwas beibringen – nämlich, dass es unmöglich ist, Gott ohne Glauben zu gefallen und dass es ohne vollkommenen Glauben unmöglich ist, Gebetserhörungen zu empfangen.

Glaube kann im Allgemeinen in zwei Arten unterteilt werden. Durch den „Glauben des Fleisches" oder den „Glauben der Erkenntnis" glaubt jemand an das, was er sieht. Die Art von Glauben, durch die man auch ohne etwas zu sehen glauben kann, ist der „geistliche Glaube", der „wahre Glaube", der „lebendige Glaube" oder der „Glaube, der von Taten begleitet wird". Diese Art von Glauben kann aus dem Nichts etwas schaffen. Die biblische Definition von „Glaube" lautet: „*Der Glaube aber ist eine Wirklichkeit dessen, was man hofft, ein Überführtsein von Dingen, die man nicht sieht*" (Hebräer 11,1)

Menschen, die an einer von Ärzten heilbaren Krankheit leiden, können geheilt werden, wenn ihre Krankheit vom Feuer des Heiligen Geistes verbrannt ausgebrannt wird – und zwar, wenn sie ihren Glauben zeigen und mit dem Heiligen Geist erfüllt sind. Wenn ein Neuling in Sachen Glauben erkrankt, kann er geheilt werden, wenn er sein Herz öffnet, dem Wort zuhört und seinen Glauben demonstriert. Wenn ein mit Glauben reifer Christ krankt wird, kann er geheilt werden, wenn er Buße tut und umkehrt.

Wenn Menschen an Krankheiten leiden, die nicht durch die medizinische Wissenschaft geheilt werden können, müssen sie entsprechend größeren Glauben aufbringen. Wenn ein im Glauben reifer Christ erkrankt, kann er geheilt werden, wenn er sein Herz öffnet, sich bußfertig das Herz zerreißt und ernst gemeinte Gebete spricht. Wenn jemand, der Kleinglauben oder gar keinen Glauben hat, erkrankt, wird er nicht geheilt, bevor er Glauben bekommt. Das Heilungswerk wird sich erst zeigen, wenn er im Glauben wächst.

Diejenigen, die körperlich behindert sind, deren Körper missgebildet sind oder die an einer Erbkrankheit leiden, können allein durch ein Wunder Gottes geheilt werden. So müssen sie ihre Hingabe Gott gegenüber zeigen – wie auch ihren Glauben, mit dem sie Ihn lieben und Ihm wohlgefallen. Nur dann wird Gott ihren Glauben anerkennen und die Heilung sichtbar werden lassen. Gott schenkt Heilung, wenn Menschen ihren leidenschaftlichen Glauben an Ihn zum Ausdruck bringen, wie zum Beispiel Bartimäus, der Jesus aufrichtig anrief (Markus 10,46-52) oder der Hauptmann, der Jesus seinen großen Glauben demonstrierte (Matthäus 8,5-13) oder der Gelähmte und dessen vier Freunde, die ihren Glauben und ihre Hingabe zeigten

(Markus 2,3-12).

Ebenso müssen die Angehörigen von Menschen, die von Dämonen besessen sind, an den Allmächtigen glauben und vor Ihn treten, um die Heilung vom Himmel „abzuholen", denn die Besessenen können ohne das Eingreifen Gottes nicht geheilt werden und sie selbst sind nicht fähig, ihren eigenen Glauben zu demonstrieren.

## 2) Menschen müssen Vertrauen haben um glauben zu können.

Den Vater des Sohnes, der lange Zeit von einem Dämon besessen war, hatte Jesus zunächst wegen seines Kleinglaubens getadelt. Als Er dem Mann voller Zuversicht sagte: *„Dem Glaubenden ist alles möglich"* (Markus 9,23), kam ein positives Bekenntnis über die Lippen des Vaters: „Ich glaube." Doch war sein Vertrauen durch sein natürliches Wissen eingegrenzt. Darum flehte er Jesus an: *„Hilf meinem Unglauben"* (Markus 9,24). Als Er die Bitte des Vater hörte, der mit einem aufrichtigen Herzen glaubensvoll betete, was Jesus erkannte, schenkte Er ihm das nötige Vertrauen, mit dem er glauben konnte.

Genauso können wir das zum Glauben nötige Vertrauen empfangen, wenn wir dafür zu Gott rufen. Mit dieser Art von Glauben sind wir dann dafür ausgestattet, die Lösungen für unsere Probleme zu empfangen. Das „Unmögliche" wird auf diese Weise „möglich."

Der Vater empfing das zum Glauben nötige Vertrauen,

woraufhin Jesus befahl: *"Du stummer und tauber Geist, ich gebiete dir: Fahre von ihm aus, und fahre nicht mehr in ihn hinein!"* Da verließ der böse Geist den Sohn mit einem Schrei (Markus 9,25-27). Der Vater hatte inständig um das Vertrauen gebeten, damit er glauben konnte, dass Gott eingreifen würde. Doch obwohl Jesus ihn erst einmal getadelt hatte, demonstrierte Er gleich danach ein erstaunliches Heilungswerk.

Jesus erhörte ihn und schenkte dem Vaters die vollkommene Heilung seines Sohn, der von einem Geist besessen gewesen war, der ihn um seine Sprache beraubt und ihn an epileptischen Anfällen hatte leiden lassen, wodurch er oft hingefallen war, Schaum um den Mund gehabt, mit den Zähnen geknirscht hatte und sogar ganz steif geworden war. Wenn dem so ist, sollte Er dann nicht denen, die an die Macht Gottes glauben, durch die alles möglich ist, und die nach Seinem Wort leben, gestatten, dass alles gut verläuft und sie in eine gesundes Leben hineinführen?

Kurz nach der Gründung unserer Manmin-Gemeinde kam ein junger Mann, der von uns erfahren hatte, aus der Provinz Gang-won zu uns. Der junge Mann dachte, er würde Gott treu als Lehrer in der Sonntagsschule und als Chormitglied dienen. Allerdings war er extrem stolz und vertrieb das Böse nicht aus seinem Herzen. Stattdessen häufte er Sünde an. Sein Leiden begann, nachdem ein Dämon in sein unreines Herz eingedrungen war und in ihm wohnte. Das Werk der Heilung wurde sichtbar, nachdem sein Vater voller Hingabe ernsthaft gebetet hatte. Nachdem die Identität des Dämons festgestellt war und dieser durch Gebet ausgetrieben wurde, schäumte der junge

Mann am Mund, drehte sich auf den Rücken und gab einen schrecklichen Geruch ab. Nach diesem Vorfall wurde das Leben des jungen Mannes erneuert, denn er bewaffnete sich in unserer Gemeinde mit der Wahrheit. Heute dient er wieder treu in Gang-won und gibt Gott die Ehre, indem er unzähligen Leuten das Zeugnis seiner Heilung erzählt.

Mögen Sie begreifen können, dass Gottes Werk grenzenlos ist und dass dadurch alles möglich ist. Mögen Sie, wenn Sie Ihn im Gebet suchen, ein gesegnetes Kind Gottes und ein Gläubiger werden, der für Ihn kostbar ist und dem es in allen Bereichen seines Lebens wohlergeht. Dies bete ich im Namen des Herrn Jesus. Amen!

# Kapitel 7

## Der Glaube und Gehorsam von Naaman, dem Aussätzigen

Da kam Naaman mit seinen Pferden
und mit seinem Wagen und hielt am Eingang zu Elisas Haus.
Und Elisa schickte einen Boten zu ihm und ließ ihm sagen:
Geh hin und bade dich siebenmal im Jordan!
So wird dir dein Fleisch wiederhergestellt werden und rein sein.
Da stieg er hinab und tauchte im Jordan siebenmal
unter nach dem Wort des Mannes Gottes.
Da wurde sein Fleisch wieder wie
das Fleisch eines jungen Knaben,
und er wurde rein.

2. Könige 5,9-10, 14

## 1. Der aussätzige Heeroberste Naaman

In unserem Leben begegnen uns große und kleine Herausforderungen. Bisweilen stoßen wir auf Probleme, die über das menschliche Vermögen hinausgehen.

In dem Land Aram [Syrien] im Norden Israels gab es einen Heeresobersten, der Naaman hieß. In einer der schwierigsten Stunden für das Land hatte er die Armee Syriens zum Sieg geführt. Naaman liebte sein Land und diente seinem König treu. Obwohl der König Naaman sehr respektierte, litt der General Qualen. Der Grund war ein Geheimnis, das kein anderer kannte.

Was war die Ursache für seine Qualen? Naaman litt nicht, weil es ihm an Reichtum oder Ruhm gemangelt hätte. Aber er litt dennoch. Naaman war in seinem Leben nicht glücklich, weil er aussätzig war. Er hatte eine unheilbare Krankheit, für die es zu seiner Zeit keine Heilung gab.

Zu Naamans Zeiten galten die Menschen, die an Aussatz litten, als unrein. Sie waren gezwungen allein und isoliert außerhalb der Stadt zu wohnen. Naamans Leiden war noch schwerer zu ertragen, weil es neben den Schmerzen noch andere Probleme gab. Zu den Symptomen von Aussatz zählten Flecken am ganzen Körper, besonders im Gesicht, an Armen, Beinen und Füßen. Auch das Nachlassen der Sinnesorgane gehörte dazu. In schlimmen Fällen, fielen die Augenbrauen aus, die Betroffenen verloren die Nägel und sie sahen im Allgemeinen schrecklich aus.

Eines Tages hörte Naaman, der mit dieser unheilbaren Krankheit behaftet und nicht in der Lage war, sich des Lebens zu freuen, eine gute Nachricht. Ein Mädchen, dass in Israel gefangen genommen worden war und nun seiner Frau diente, erzählte, es gäbe in Samaria einen Propheten, der ihn vom Aussatz heilen könnten. Es gab nichts, was Naaman nicht versucht hätte um wieder geheilt zu werden; so erzählte er dem König von seiner Krankheit und was er von der jungen Dienerin gehört hatte. Als der König erfuhr, dass ein treuer Heeresoberster von seinem Aussatz geheilt werden könnte, wenn er zu dem Propheten in Samaria ging, half der König Naaman eifrig und schrieb sogar für Naaman einen Brief an den König von Israel.

Naaman reiste nach Israel – ausgestattet mit zehn Talenten Silber, 6.000 Schekel Gold, zehn Wechselkleidern sowie dem Brief des Königs, in dem es hieß: *„Und nun, wenn dieser Brief zu dir kommt, so wisse, siehe, ich habe meinen Knecht Naaman zu dir gesandt, damit du ihn von seinem Aussatz befreist"* (v. 6). Zu jener Zeit war Syrien stärker als Israel. Als er den Brief vom syrischen König gelesen hatte, zerriss er sich seine Kleider und sagte: *„Bin ich Gott? ... Warum sendet der mir jemanden, damit er von seinem Aussatz befreit wird? Ja, der sucht nur einen Anlass zum Streit mit mir!"* (v. 7)

Als der Prophet Elisa dies hörte, kam er zum König und sagte: *„Warum hast du deine Kleider zerrissen? Lass ihn doch zu mir kommen! Und er soll erkennen, dass ein Prophet in Israel ist"* (v. 8). Als der König von Israel Naaman zu Elisas Haus sandte, kam der Prophet nicht heraus, um den Heeresobersten kennenzulernen, sondern sandte einfach einen Boten: *„Geh hin und bade dich siebenmal im Jordan! So wird dir dein Fleisch* *wiederhergestellt werden und rein sein"* (v. 10).

Wie merkwürdig muss es wohl für Naaman gewesen sein, als er mit Pferd und Kutsche zu Elisa kam. Der Prophet kam nicht einmal heraus um ihn zu begrüßen! Da wurde der Heeresoberste zornig. Er war der Meinung, der Prophet hätte ihn zumindest freundlich begrüßen und ihm die Hände auflegen können; schließlich war er Heeresoberste eines Landes, das stärker als Israel war. Stattdessen war der Empfang für Naaman recht kühl – und der Prophet ließ ihm lediglich mitteilen, er möge sich im Jordan waschen, einem kleinen und noch dazu schmutzigen Fluss.

Naaman wollte in seinem Zorn gleich heimkehren und sagte in den Versen 11 bis 12: *„Siehe, ich hatte mir gesagt: Er wird nach draußen zu mir herauskommen und hintreten und den Namen des HERRN, seines Gottes, anrufen und wird seine Hand über die Stelle schwingen und so den Aussätzigen vom Aussatz befreien. Sind nicht Abana und Parpar, die Flüsse von Damaskus, besser als alle Wasser von Israel? Kann ich mich nicht darin baden und rein werden?"* Als er wieder heimzufahren wollte, flehte ihn sein Diener an: *„Mein Vater, hätte der Prophet eine große Sache zu dir geredet, hättest du es nicht getan? Wie viel mehr, da er nur zu dir gesagt hat: Bade, und du wirst rein sein"* (v. 13).

Was geschah, als Naaman siebenmal im Jordan untertauchte, so wie Elisa ihn angewiesen hatte? Sein Fleisch wurde wieder wie das Fleisch eines kleinen Jungen. Der Aussatz, der Naaman so viele Qualen bereitet hatte, war vollkommen geheilt. Als diese für

Ärzte unheilbare Krankheit ganz geheilt wurde, weil Naaman dem Mann Gottes gehorcht hatte, erkannte der Heeresoberste den lebendigen Gott und Elisa als einem Mann Gottes an.

Nachdem er die Kraft des lebendigen Gottes erlebt hatte (weil Gott auch Aussatz heilen konnte), ging Naaman noch einmal zu Elisa. Wir lesen: *„Und er kehrte zu dem Mann Gottes zurück, er und sein ganzes Gefolge, und er kam und trat vor ihn und sagte: Siehe doch, ich habe erkannt, dass es keinen Gott auf der ganzen Erde gibt als nur in Israel. Und nun nimm doch ein Segensgeschenk von deinem Knecht! Er aber sagte: So wahr der HERR lebt, vor dem ich stehe, wenn ich es nehmen werde! Und er drang in ihn, es zu nehmen, doch er weigerte sich. Da sagte Naaman: Wenn also nicht, dann möge man deinem Knecht doch die Traglast eines Maultiergespannes Erde geben! Denn dein Knecht wird nicht mehr anderen Göttern Brandopfer und Schlachtopfer zubereiten, sondern nur noch dem HERRN."* So gab er Gott die Ehre (2. Könige 5,15-17).

### 2. Naamans Glauben und Taten

Naaman begegnete Gott, dem Heiler, und wurde von einer unheilbaren Krankheit geheilt. Darum wollen wir uns nun seinen Glauben und sein Handeln genauer anschauen von.

#### 1) Naamans gutes Gewissen

Manche Leute nehmen die Worte anderer bereitwillig an und

glauben sie, während andere Menschen eher dazu neigen, ständig zu zweifeln und anderen zu misstrauen. Da Naaman ein gutes Gewissen hatte, verwarf er die Worte anderer nicht, sondern nahm sie an. Er konnte nach Israel reisen, Elisas Anweisungen befolgen und seine Heilung empfangen, weil er die Worte der jungen israelischen Dienern seiner Ehefrau nicht verworfen, sondern ihnen Glauben geschenkt hatte. Als das junge Mädchen zu seiner Frau sagte: *„Ich wünschte, mein Herr könnte zu dem Propheten, der in Samaria ist, gehen! Der würde ihn nämlich von seinem Aussatz heilen"* (v. 5), da glaubte Naaman ihr. Stellen Sie sich vor, Sie wären an Naamans Stelle gewesen. Was hätten Sie getan? Hätten Sie ihren Worten ohne Weiteres geglaubt?

Trotz aller Fortschritte in der modernen Medizin, gibt es viele Krankheiten, bei denen Medikamente nichts nützen. Wenn Sie anderen erzählten, dass Gott Sie von einer unheilbaren Krankheit geheilt hat oder dass Sie gesund geworden sind, nachdem Sie Gebet empfangen haben, wie viele andere Menschen würden Ihnen Ihrer Meinung nach glauben? Naaman glaubte den Worten des Mädchens; er ging zu seinem König um die Reiseerlaubnis zu erhalten, fuhr nach Israel und empfing dort seine Heilung vom Aussatz. Mit anderen Worten: Naaman hatte ein gutes Gewissen. Er konnte die Worte des Mädchens annehmen, als sie ihn evangelisierte, und entsprechend handeln. Uns muss klar sein, dass wenn uns das Evangelium gepredigt wird, wir die Lösungen für unsere Probleme nur dann empfangen können, wenn wir an das Gepredigte glauben und so wie Naaman vor Gott treten.

## 2) Naaman zerschlug seine Gedanken

Als Naaman mit Hilfe seines Königs nach Israel reiste und bei Elisas Haus ankam (eben jenem Propheten, der Aussatz zu heilen vermochte), war der Empfang kühl. Es ist offensichtlich, dass er zornig wurde, als Elisa, der in den Augen eines ungläubigen Naamans weder Ruhm noch eine hohe soziale Stellung hatte, ihn als treuen Diener des Königs von Syrien nicht willkommen hieß und ihm – noch dazu durch einen Boten – ausrichten ließ, er möge sich sieben Mal im Jordan waschen. Naaman war zornig, weil er vom König von Syrien persönlich geschickt worden war. Außerdem legte ihm Elisa auch nicht die Hand auf, sondern ließ ihm sagten, er könne vom Aussatz befreit werden, sobald er sich im kleinen und schmutzigen Jordan wusch.

Naaman wurde wütend auf Elisa und die Handlungsweise des Propheten, die er verstandesmäßig nicht nachvollziehen konnte. So machte er sich für die Heimreise bereit. Er war überzeugt, dass er auch geheilt werden könnte, wenn er sich in einem der großen und sauberen Flüsse in seinem eigenen Land waschen würde. An dieser Stelle drängten ihn seine Diener, den Anweisungen von Elisa zu folgen und im Jordan zu baden.

Da Naaman ein gutes Gewissen hatte, handelte der Heeresoberste nicht gemäß seinen eigenen Gedanken, sondern beschloss, den Anweisungen Elisas doch zu folgen. So begab er sich zum Jordan. Wie viele der Leute, die einen ähnlich hohen sozialen Status haben wie Naaman, würden Buße tun und dem

Drängen ihrer Diener oder anderer Personen, die eine niedrigere Position als sie selbst haben, nachgeben? In Jesaja 55,8-9 lesen wir: *„Denn meine Gedanken sind nicht eure Gedanken, und eure Wege sind nicht meine Wege, spricht der HERR. Denn so viel der Himmel höher ist als die Erde, so sind meine Wege höher als eure Wege und meine Gedanken als eure Gedanken."* Wenn wir uns an menschliche Gedanken und Theorien klammern, können wir dem Wort Gottes nicht gehorchen. Lassen Sie uns an das Ende von König Saul denken, der Gott ungehorsam war. Wenn wir uns an menschlichen Gedanken orientieren und nicht den Willen Gottes tun, stellt unser Handeln Ungehorsam dar. Wenn wir zudem unseren Ungehorsam nicht zugeben, muss uns klar sein, dass Gott uns aufgeben und ablehnen wird, so wie er König Saul verwarf.

Im 1. Samuel 15,22-23 steht: *„Samuel aber sprach: Hat der HERR so viel Lust an Brandopfern und Schlachtopfern wie daran, dass man der Stimme des HERRN gehorcht? Siehe, Gehorchen ist besser als Schlachtopfer, Aufmerken besser als das Fett der Widder. Denn Widerspenstigkeit ist eine Sünde wie Wahrsagerei, und Widerstreben ist wie Abgötterei und Götzendienst. Weil du das Wort des HERRN verworfen hast, so hat er dich auch verworfen, dass du nicht mehr König sein sollst."* Naaman überdachte die Angelegenheit und entschied sich dafür, seine eigenen Gedanken beiseite zu tun und den Anweisungen Elisas, des Mannes Gottes, zu folgen.

Genauso müssen wir an Folgendes denken: Wir können nur dann die Erfüllung unserer Herzenswünsche erleben, wenn wir unseren Ungehorsam ablegen und ein gehorsames Herz entwickeln, so wie es Gottes Willen entspricht.

### 3) Naaman gehorchte dem Wort des Propheten

So wie Elisas es ihm aufgetragen hatte, ging Naaman zum Jordan und wusch sich. Es gab viele andere Flüsse, die breiter und sauberer als der Jordan waren. Doch die Anweisung Elisas zum Jordan zu gehen, hatte auch eine geistliche Bedeutung. Der Jordan steht sinnbildlich für Errettung; das Wasser symbolisiert das Wort Gottes, das die Sünden der Menschen abwäscht und es ihnen ermöglicht, die Errettung zu erlangen. Ganz egal wie viel breiter und sauberer die anderen Flüsse auch sein mögen, sie führen keinen Menschen zur Errettung und haben in dem Sinne auch nichts mit Gott zu tun; in ihnen kann also das Werk Gottes nicht offenbart werden.

Jesus sagt in Johannes 3,5: *„Wahrlich, wahrlich, ich sage dir: Wenn jemand nicht aus Wasser und Geist geboren wird, kann er nicht in das Reich Gottes hineingehen."* Als Naaman sich im Jordan wusch, wurde ihm die Möglichkeit eröffnet, die Vergebung seiner Sünden zu erleben, seine Errettung zu empfangen – und so dem lebendigen Gott zu begegnen.

Warum wurde Naaman gesagt, er solle sich sieben Mal waschen? Die Ziffer „sieben" ist eine vollkommene Ziffer, die Perfektion symbolisiert. Indem Elisa Naaman anwies, sich sieben Mal zu waschen, sagte er dem Heeresobersten praktisch, er möge die Vergebung seiner Sünden annehmen und ganz und gar im Wort Gottes wohnen. Nur dann wird Gott, dem alles möglich ist, das Werk der Heilung zeigen und jegliche unheilbare Krankheit heilen.

Wir sehen, dass Naaman die Heilung von seinem Aussatz erlebte, wogegen sowohl die Medizin, als auch menschliche Anstrengungen nutzlos waren. Warum? Weil er dem Wort des Propheten glaubte. Die Schrift sagt uns eindeutig: *„Denn das Wort Gottes ist lebendig und wirksam und schärfer als jedes zweischneidige Schwert und durchdringend bis zur Scheidung von Seele und Geist, sowohl der Gelenke als auch des Markes, und ein Richter der Gedanken und Gesinnungen des Herzens; und kein Geschöpf ist vor ihm unsichtbar, sondern alles bloß und aufgedeckt vor den Augen dessen, mit dem wir es zu tun haben"* (Hebräer 4,12-13).

Naaman ging vor Gott, dem nichts unmöglich ist, legte seine alte Denkweise ab, tat Buße und gehorchte Seinem Willen. Als Naaman sieben Mal im Jordan untertauchte, sah Gott seinen Glauben und heilte ihn von seinem Aussatz. Naamans Haut wurde wiederhergestellt und war wieder so weich wie die eines Kindes.

Gott zeigt uns hier ein einfaches Beispiel, welches bestätigt, dass es möglich war, Aussatz zu heilen – und zwar einzig und allein durch Seine Kraft und Macht. Somit teilt Er uns gleichzeitig mit, dass alle Krankheiten geheilt werden können, wenn Er sich über unseren Glauben freuen kann, weil dieser von Taten begleitet wird.

### 3. Naaman gibt Gott die Ehre

Nachdem Naaman vom Aussatz geheilt worden war, kehrte er zu Elisa zurück und bekannte: *„Jetzt weiß ich, dass es nirgendwo auf der Welt solch einen Gott wie in Israel gibt... dein Knecht wird anderen außer dem Herrn niemals mehr Opfer darbringen"* (2. Könige 15,15-17). Und so ehrte er Gott.

In Lukas 17,11-19 sehen wir eine Begebenheit, in der zehn Leute auf Jesus treffen und von Aussatz geheilt werden. Nur einer von ihnen ging zu Jesus zurück, pries Gott mit lauter Stimme, warf sich zu den Füßen Jesu nieder und dankte Ihm. In den Versen 17 und 18 fragt Jesus den Mann: *„Sind nicht die Zehn gereinigt worden? Wo sind die Neun? Haben sich sonst keine gefunden, die zurückkehrten, um Gott Ehre zu geben, außer diesem Fremdling?"* Im darauf folgenden Vers 19 sagte Er zu dem Mann: *„Steh auf und geh hin! Dein Glaube hat dich gerettet."* Wenn wir durch die Kraft Gottes Heilung empfangen, müssen wir Gott dafür nicht nur die Ehre geben, Jesus Christus als Herrn annehmen und die Errettung erlangen, sondern unser Leben nach dem Wort Gottes ausrichten.

Naamans Glaube war von Taten begleitet. Er ermöglichte es ihm, von Aussatz, geheilt zu werden, der damals unheilbar war. Er hatte ein gutes Gewissen und so glaubte er der jungen Dienerin, die gefangen genommen worden war. Sein Glaube bewegte ihn dazu, dem Propheten sogar ein kostbares Geschenk mitzubringen. Er bewies Gehorsam, obwohl die Anweisungen des Propheten Elisa mit seinen eigenen Vorstellungen nicht übereinstimmten.

Naaman, ein Heide, litt einst unter einer unheilbaren Krankheit, doch durch diese Krankheit begegnete er dem lebendigen Gott und erlebte das Werk der Heilung. Jeder, der vor den Allmächtigen tritt und Glauben beweist, indem er ihm Taten folgen lässt, empfängt Antworten für all seine Probleme, ganz egal, wie schwierig diese auch sein mögen.

Mögen Sie kostbaren Glauben besitzen, mögen Sie diesen beweisen, indem Sie ihm Taten folgen lassen, mögen Sie Antworten auf alle Probleme in Ihrem Leben erhalten und ein gesegneter gläubiger Mensch sein, der Gott die Ehre gibt. Dies bete ich in Jesu Namen. Amen.

## Der Autor:
# Dr. Jaerock Lee

Dr. Jaerock Lee wurde 1943 in Muan in der Provinz Jeonnam in der Republik Korea geboren. Im Alter zwischen 20 und 30 Jahren litt Dr. Lee sieben Jahre lang unter vielen unheilbaren Krankheiten und wartete nur noch auf den Tod, denn Hoffnung auf Heilung gab es nicht. Eines Tages im Frühling 1974 nahm ihn allerdings seine Schwester mit in eine Kirche und als er sich zum Gebet hinkniete, heilte ihn der lebendige Gott sofort von all seinen Krankheiten.

Seit Dr. Lee dem lebendigen Gott auf diese wunderbare Art und Weise begegnete, liebt er Ihn aufrichtig und von ganzem Herzen. Im Jahr 1978 wurde er zum Diener Gottes berufen. Er betete eifrig, denn er wollte den Willen Gottes klar verstehen und erfüllen und dem gesamten Wort Gottes gehorchen. Im Jahr 1982 gründete er in Seoul die Manmin-Gemeinde und seither sind in seiner Gemeinde unzählige Werke Gottes, einschließlich herrlicher Heilungen und Wunder, geschehen.

Dr. Lee wurde 1986 auf der Jahresversammlung der koreanischen Jesusgemeinde in Sungkyul zum Pastor geweiht und vier Jahre später, 1990, begann die Übertragung seiner Botschaften in Australien, Russland, auf den Philippinen und in vielen anderen Ländern durch Rundfunkanstalten wie die Far East Broadcasting Company, die *Asia Broadcast Station und das Washington Christian Radio System.*

Drei Jahre später, 1993, wurde die Manmin-Gemeinde von der US-amerikanischen Zeitschrift *Christian World* zu einer der „Top 50-Gemeinden der Welt" gewählt und er erhielt vom *Christian Faith College* in Florida den Ehrendoktortitel; 1996 erhielt er den Doktortitel vom *Kingsway Theological Seminary* in Iowa.

Seit 1993 steht Dr. Lee bei der weltweiten Evangelisation mit an der Spitze – und zwar durch viele Großveranstaltungen in Übersee, wie in Tansania, Argentinien, L.A., Baltimore City, Hawaii und New York City in den USA, in Uganda, Japan, Pakistan, Kenia, auf den Philippinen, in Honduras, Indien, Russland, Deutschland, Peru, in der Demokratischen Republik Kongo, in Israel und Estland.

2002 bezeichneten ihn große christliche Zeitungen in Korea wegen seines mächtigen Dienstes bei Evangelisationen auf der ganzen Welt als „weltweiten

Erweckungsprediger". Besonders zu nennen ist seine Großevangelisation von 2006 im Madison Square Garden, der weltbekannten Arena in New York, die in 220 Nationen übertragen wurde, sowie seine „Vereinte Großevangelisation in Israel" 2009, die im Internationalen Kongresszentrum von Jerusalem stattfand, bei der er kühn verkündigte, dass Jesus Christus der Messias und Retter ist. Seine Predigten werden via Satellit, beispielsweise über GCN TV, in 176 Ländern ausgestrahlt. 2009 und 2010 wurde er von der beliebten russischen Zeitschrift „Im Sieg" als einer der zehn einflussreichsten christlichen Leiter bezeichnet. Die Nachrichtenagentur *Christian Telegraph* ehrte ihn für seinen mächtigen TV-Dienst und seinen pastoralen Dienst für die Gemeinden in Übersee.

Im Mai 2017 zählte die Manmin-Gemeinde über 120.000 Mitglieder. Es gibt in Korea und überall auf dem Globus verteilt 11.000 Tochtergemeinden. Bisher sind 102 Missionare in über 23 Länder entsandt worden, wie zum Beispiel in die Vereinigten Staaten, nach Russland, Deutschland, Kanada, Japan, China, Frankreich, Indien, Kenia und viele anderen Länder.

Zur Zeit dieser Veröffentlichung hat Dr. Lee 106 Bücher geschrieben, darunter Bestseller wie *Schmecket das ewige Leben vor dem Tod, Mein Leben, Mein Glaube: Teil 1 und 2, Die Botschaft vom Kreuz, Das Maß des Glaubens, Der Himmel: Teil 1 und 2, Die Hölle* und *Die Kraft Gottes*. Seine Werke sind in über 76 Sprachen übersetzt worden.

Seine christlichen Kolumnen erscheinen in *The Hankook Ilbo, The Chosun Ilbo, The JoongAng Daily, The Dong-A Ilbo, The Seoul Shinmun, The Kyunghyang Shinmun, The Korea Economic Daily, The Korea Herald, The Shisa News* und *The Christian Press*.

Dr. Lee leitet derzeit viele Missionsorganisationen und -vereine in folgenden Positionen: Vorsitzender der United Holiness Church of Jesus Christ, ständiger Präsident von The World Christianity Revival Mission Association; Gründer und Aufsichtsrat vom Global Christian Network (GCN); Gründer und Aufsichtsrat vom The World Christian Doctors Network (WCDN) und Gründer und Aufsichtsrat von der Bibelschule Manmin International Seminary (MIS).

## Andere mächtige Bücher von diesem Autor

### Der Himmel I & II

Eine detaillierte Darstellung der herrlichen Lebensumstände der Bewohner des Himmels und eine wunderschöne Beschreibung der verschiedenen Ebenen in den himmlischen Königreichen.

### Die Botschaft vom Kreuz

Ein mächtiger Weckruf an alle Menschen, die geistlich schlafen! In diesem Buch finden sie den Grund, warum Jesus der einzige Retter ist und die echte Liebe Gottes verkörpert.

### Die Hölle

Eine ernste Botschaft Gottes an die gesamte Menschheit; Er will nicht, dass auch nur eine Seele in die Tiefen der Hölle abstürzt! Sie werden die bisher noch nie veröffentlichte, grausame Realität des Abgrunds und der Hölle entdecken.

### Geist, Seele und Leib I & II

Wenn man Geist, Seele und Leib, also die Teile, aus denen der Mensch besteht, geistlich erfasst, kann man sich selbst betrachten und Einblick in das Leben an sich bekommen.

### Das Maß des Glaubens

Was für einen Wohnung, Krone und Belohnung stehen für Sie im Himmel bereit? Dieses Buch schenkt Ihnen Weisheit und hilft Ihnen, Ihren Glauben zu messen und den besten und reifsten Glauben zu entwickeln.

---

### Wache auf, Israel

Warum ruht Gottes Auge schon vom Anbeginn der Welt bis zum heutigen Tage immer auf Israel? Was hat Er für das Israel, das immer noch auf den Messias wartet, gemäß Seiner Vorsehung für die Endzeit vorbereitet?

---

### Mein Leben, mein Glaube I & II

Ein duftendes, geistliches Aroma entspringt einem Leben, das aufblühte mit einer unvergleichlichen Liebe – mitten unter dunklen Wellen, kalten Jochen und tiefer Verzweiflung.

---

### Die Kraft Gottes

Diese wichtige Anleitung muss man gelesen haben, so dass man echten Glauben haben und die wunderbare Kraft Gottes erleben kann.

---

www.urimbooks.com

www.ingramcontent.com/pod-product-compliance
Lightning Source LLC
LaVergne TN
LVHW041709060526
838201LV00043B/644